No puedo dejarte ir

SARAH M. ANDERSON

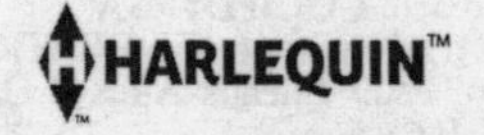

Editado por HARLEQUIN IBÉRICA, S.A.
Núñez de Balboa, 56
28001 Madrid

NO PUEDO DEJARTE IR, N.º 1937 - 11.9.13
Título original: A Real Cowboy
Publicada originalmente por Harlequin Enterprises, Ltd.

I.S.B.N.: 978-84-687-3186-5
Depósito legal: M-19520-2013
Editor responsable: Luis Pugni
Fotomecánica: M.T. Color & Diseño, S.L. Las Rozas (Madrid)
Impresión en Black print CPI (Barcelona)
Fecha impresion para Argentina: 10.3.14
Distribuidor exclusivo para España: LOGISTA
Distribuidor para México: CODIPLYRSA
Distribuidores para Argentina: interior, BERTRAN, S.A.C. Vélez Sársfield, 1950. Cap. Fed./ Buenos Aires y Gran Buenos Aires, VACCARO SÁNCHEZ y Cía, S.A.

Capítulo Uno

Las ruedas del coche alquilado de Thalia chirriaron en la grava. Una ráfaga de viento había estado a punto de sacarla de la carretera, pero había logrado mantener el control. Le agradaba tener el control de algo, aunque fuera de un Camry.

No podía hacer nada para controlar la situación en la que estaba. En caso contrario, no estaría buscando a James Robert Bradley en medio de la nada en Montana y en pleno invierno. Ni siquiera sabía si lo encontraría. Hacía casi una hora que no veía ninguna señal de vida.

Aun así, estaba circulando por una carretera y las carreteras llevaban a sitios. Aquella atravesaba kilómetros y kilómetros de Montana. Era finales de enero y el paisaje se veía apagado y desierto. La nieve estaba apilada a los lados de la carretera. Si fuera a rodar una película apocalíptica, sería un lugar perfecto.

Al menos, en aquel momento no estaba nevando, pensó para animarse mientras comprobaba el termómetro del coche. Hacía cinco grados bajo cero.

Por fin llegó a la entrada del Rancho Bar B. Un cartel anunciaba que cualquiera que entrara sin permiso podía recibir un tiro. Comprobó la dirección que había escrito en el GPS del teléfono y se sintió aliviada. Había llegado a su destino.

El representante de James Robert Bradley, un hombre nervioso y de baja estatura llamado Bernie Lipchitz, no había querido darle la dirección de su más famoso y reservado cliente, ganador de un Óscar. Thalia se había visto obligada a prometer a Bernie un papel para uno de sus actores en la nueva película que estaba produciendo, *La sangre de las rosas*.

Claro que solo habría película si conseguía que James Robert Bradley firmara para hacer el papel de Sean. Si no podía conseguirlo...

No había tiempo para pensar lo peor. Lo estaba haciendo muy bien. Había dado con el paradero de Bradley, cosa que no había sido sencilla. Había conseguido entrar en su rancho sin que hasta el momento nadie la hubiera disparado. Pocas personas podían decir que habían estado tan cerca de Bradley después de desaparecer de Hollywood tras ganar un Óscar once años antes. Ahora tenía que conseguir que firmara su regreso con un papel único. Sencillo, ¿no?

El reloj del salpicadero marcaba las cuatro y el sol ya se estaba poniendo, lanzando brillantes tonos naranjas y morados en el cielo azul. Al norte, se extendía una serie de colinas que se unían con las montañas del oeste. El sur y el este eran planos. Podía imaginarse lo bonito que sería aquello en primavera.

«Tal vez pudiéramos rodar algunas escenas

aquí», pensó al salir de la curva y ver una gran estructura.

No podía ver si el edificio tenía dos o tres plantas ni la profundidad que tenía. Detrás de él había unos cuantos establos, algunos viejos y otros de metal. Salvo estos últimos, los demás parecían llevar allí décadas, si no siglos.

No había nada con vida, ni siquiera un perro que darle la bienvenida al pararse ante la casa. Un amplio porche cubierto ofrecía cierta protección del viento.

Bueno, no iba a conseguir que alguien firmara algo sentada en el coche. Armándose de energía positiva, abrió la puerta.

El viento gélido estuvo a punto de cerrarle la puerta y engancharle las medias. De pronto, las medias y las botas altas que llevaba bajo el vestido de lana no le parecieron el atuendo más adecuado.

Se subió las solapas del abrigo para protegerse la garganta del viento y subió los escalones del porche. Llamó a la puerta y confió en que estuviera en casa.

Otra ráfaga de viento le levantó la parte trasera de la falda, provocando que le castañetearan los dientes. ¿Dónde estaba el timbre? Llamó dando unos golpes en la puerta; los modales no importaban cuando se estaba congelando.

Nadie contestó.

Morir de frío en Montaba no estaba entre sus planes. Thalia no recordaba haber sentido tanto frío ni siquiera de pequeña cuando pasaba todo el día jugando en Oklahoma. Además, llevaba diez años trabajando en Los Ángeles, donde la gente consideraba que hacía frío cuando el termómetro bajaba de los quince grados.

Thalia volvió a llamar a la puerta esta vez con ambas manos. Quizá hubiera alguien dentro. La casa era enorme. Tal vez estuvieran en una habitación del fondo.

–¿Hola? –gritó.

Nadie contestó.

Había llegado el momento de recapacitar. ¿Qué opciones tenía? Podía quedarse allí en el porche hasta que apareciera alguien, con el riesgo de congelarse, o acercarse a uno de los establos. Tal vez hubiera alguien dando de comer a los animales, si no, al menos estaría protegida del viento. Los finos tacones de sus botas hacían que fuera una hazaña arriesgada. Aun así, era preferible quedarse sin botas que sin cuerpo.

Estaba bajando el primer escalón cuando vio a dos cowboys a caballo subiendo una de las colinas. Thalia contuvo la respiración ante aquella imagen. Era perfecta. La puesta de sol iluminaba a contraluz a los jinetes, dándoles un halo dorado. De los hocicos de los caballos se veían salir nubes de vaho. Era así como quería presentar al personaje de Sean Bridger en *La sangre de las rosas.* Iba a ser perfecto. Ya veía las nominaciones al Óscar.

Los jinetes aminoraron la marcha mientras uno de ellos señalaba en su dirección. La habían visto, gracias a Dios. Un poco más y habría dejado de sentir las piernas. Saludó con la mano y uno de los hombres se acercó a la casa galopando.

Su optimismo se convirtió en temor al instante. El hombre no parecía acercarse para darle la bienvenida. Tan rápido como pudo volvió al porche y se quitó del paso de aquellas pezuñas.

Aun así, el jinete se acercó a toda prisa y se detuvo, colocándose en paralelo al coche alquilado. El caballo, un brillante palomino, se encabritó agitando en el aire las dos pezuñas delanteras mientras el vaho de su boca los envolvía a ambos.

Cuando el caballo se tranquilizó, el jinete se bajó el pañuelo que le cubría media cara.

–¿Puedo ayudarla? –dijo en un tono de pocos amigos.

Entonces vio sus ojos de color ámbar, uno de los rasgos distintivos de James Robert Bradley. Lo había encontrado. Se quedó embelesada. Una década atrás había estado enamorada de aquel hombre. Y ahora, allí estaba, hablando con el hombre más sexy según la revista *People.* De eso hacía trece años, pero aquellos ojos seguían siendo de ensueño. Contuvo las ganas de pedirle un autógrafo. Se sentía intimidada por aquel hombre.

Pero no iba a decírselo. La primera regla para negociar con actores era no demostrar debilidad, así que se armó de coraje.

–¿James Robert Bradley?

–Señorita, no quiero nada.

–Eso es porque no ha oído...

–Agradezco la oferta, pero ya puede irse –dijo e

hizo que su montura girase en dirección a uno de los establos nuevos.

–¡Ni siquiera ha oído lo que tengo que decirle! –gritó corriendo tras él–. Su agente me dijo que...

Sus tacones la hicieron dar un traspié en aquel terreno irregular.

–Voy a despedirle por esto –dijo Bradley.

Fue lo último que escuchó de él antes de que desapareciera en el establo.

Thalia se detuvo. El viento soplaba con más fuerza en mitad del camino, pero no le parecía que seguir a Bradley hasta los establos fuera una buena idea. ¿Cómo iba a convencerlo para que hiciera la película si ni siquiera era capaz de conseguir que la escuchara? Y si no lograba convencerlo, ¿cómo iba a volver a la oficina y decírselo a su jefe sin perder el trabajo?

Oyó las pisadas de unas pezuñas detrás de ella y al girarse vio que el otro jinete se acercaba lentamente.

–¿Qué hay? –dijo el cowboy, llevándose la mano al sombrero a modo de saludo–. Ha dicho que no, ¿verdad?

Quizá fuera el frío o la idea de perder su empleo en menos de veinticuatro horas. Fuera lo que fuese, Thalia sintió un nudo en la garganta y contuvo las lágrimas. No había nada menos profesional que llorar por una negativa.

–Ni siquiera me ha escuchado.

–A mí me encantaría participar, señorita, suponiendo que haya algún casting de actrices.

¿Se estaba riendo de ella? Sacudió la cabeza. Tal vez estuviera bromeando.

–Gracias, pero estaba buscando…

–Sí, al ganador de un Óscar, lo sé. Me gustaría poder ayudarla, pero… tiene las ideas muy claras.

–Hoss –se oyó desde el interior del establo.

–El jefe me llama.

El cowboy llamado Hoss parecía sentir lástima por ella.

–¿Podría al menos dejarle mi tarjeta por si cambiase de opinión?

–Inténtelo, pero…

–¡Hoss!

Esta vez el grito fue más insistente. Hoss inclinó la cabeza y se dirigió al establo.

Bueno, había encontrado a Bradley y solo por ver aquellos ojos había merecido la pena el viaje. Si se metía en el coche y se iba, no tendría nada. Levinson la despediría y acabaría en la lista negra.

Necesitaba a Bradley de una manera que nada tenía que ver con sus ojos y sí con mantener su empleo.

La puerta del establo tras la que habían desaparecido los dos hombres se cerró.

Aquello era culpa suya, pensó. Era ella la que había convencido a Levinson de que incluso un ermitaño como Bradley no sería capaz de rechazar un papel único. Era ella la que había arriesgado su carrera por algo que parecía muy sencillo: conseguir que un hombre dijera que sí.

Se había equivocado y ahora tendría que pagar

el precio. Volvió a la puerta principal con la cabeza bien alta.

La segunda regla de toda negociación era no dejar que el contrario supiera que había ganado. Le temblaban las manos, pero se las arregló para sacar una tarjeta del bolsillo del abrigo y la dejó en la puerta. Quizá había pillado a Bradley en un mal momento. Ahora sabía dónde vivía. Podía intentarlo una y otra vez hasta que la escuchara.

Le habría gustado poder entrar y calentarse las manos y los pies antes de ponerse a conducir, pero no parecía que fueran a invitarla. Al volver al Camry, vio los faros de otro vehículo acercándose por la carretera. Aquello podía suponer una oportunidad más, así que esbozó su sonrisa más amable y esperó.

Un cuatro por cuatro cubierto de barro se acercó con la ventanilla bajada. Antes de que se detuviera, una mujer de pelo cano sacó la cabeza.

–¿Qué está haciendo fuera?

–Esperaba hablar con el señor Bradley –dijo Thalia en tono amistoso.

La mujer miró hacia el establo. Cuando volvió a mirar a Thalia, parecía enfadada.

–¿Y la ha dejado aquí? Ese hombre… –dijo sacudiendo la cabeza, disgustada–. Pobrecilla, debe de estar helada. ¿Puede esperar a que aparque atrás y le abra la puerta o prefiere meterse en el coche?

En aquel momento, Thalia quería a aquella mujer más que a nadie en el mundo.

–Puedo esperar –dijo castañeteando.

Sin decir más, la mujer siguió conduciendo. Thalia zapateó para mantener la sangre circulando, pero solo le sirvió para sentir dolor en las piernas.

«Unos segundos más», se dijo.

Entonces, la puerta se abrió y la mujer la hizo pasar.

–Está congelada –dijo envolviendo a Thalia en lo que parecía una piel de oso, y la llevó al interior de la casa.

Thalia reparó en lo que la rodeaba antes de encontrarse en una butaca de cuero. Ante ella había una enorme chimenea que casi ocupaba toda la pared. Se frotó las manos, intentando entrar en calor.

–Por cierto, soy Minnie Caballo Rojo. Vamos a quitarle esas botas. Son bonitas, pero no son las más adecuadas para este invierno.

–Thalia Thorne –fue todo lo que pudo decir mientras la sangre empezaba a circularle por las extremidades.

Minnie tiró de las botas y Thalia ahogó un grito de dolor.

–Pobrecilla. Siéntese y entre en calor. Le prepararé un té.

Minnie se puso de pie y avivó el fuego. Las llamas crecieron.

–Muchas gracias.

Oyó a Minnie moviéndose detrás de ella. Thalia se las arregló para incorporarse y mirar a su alrededor. Estaba en el extremo de un gran salón. Detrás de ella había una mesa para seis. Al fondo había una cocina abierta, con armarios rústicos y mucho mármol. El resultado final parecía sacado de una revista de diseño, muy distinto al rancho en el que su abuelo había pasado toda su vida.

Minnie apareció con una tetera.

–¿De dónde es, Thalia?

–De Los Ángeles.

–Está muy lejos de casa, querida. ¿Cuánto tiempo ha estado viajando?

Thalia decidió que le gustaba Minnie. Hacía tiempo que nadie la llamaba querida.

–Mi vuelo salió de Los Ángeles a las tres y media de la madrugada.

–Dios mío, ¿ha hecho el viaje en un día? –dijo Minnie acercándose para darle una taza humeante–. Es un viaje largo. ¿Dónde va a pasar la noche?

–Eh... He reservado una habitación en Billings.

Minnie la miró con una mezcla de preocupación y lástima.

–¿Se da cuenta de que está a cinco horas y que ya está anocheciendo, verdad? Son muchas horas para conducir a oscuras.

Thalia no se había dado cuenta de lo lejos que Billings estaba del rancho. ¿Cómo iba a llegar tan lejos? El camino hasta allí ya se le había hecho demasiado largo y eso que lo había hecho por el día. Enfrentarse a aquel viento en medio de la oscuridad en carreteras desconocidas le resultaba una idea aterradora.

–Esto es lo que va a hacer –dijo Minnie dándole unas palmadas en el brazo después de que diera un sorbo al té–. Va a quedarse aquí hasta que se sienta mejor y luego va a cenar. Ha venido por Beaverhead, ¿verdad?

Thalia asintió.

–Lloyd alquila habitaciones. Es lo más parecido a un hotel que tenemos por aquí.

Thalia no tenía ni idea de a qué se refería Minnie, pero no le apetecía hablar. Dio otro sorbo al té, disfrutando del calor que se extendía desde la garganta hasta el estómago.

–Le diré que irá luego –continuó Minnie–. Está a solo cuarenta minutos.

Thalia volvió a asentir. Ahora que empezaba a recuperar la normalidad, parecía haberse quedado sin palabras.

Minnie sonrió con ternura.

–Tengo que preparar la cena, así que descanse –dijo, y dirigiéndose a la cocina, añadió–: ¡Desde Los Ángeles y en un día! Este hombre…

Thalia se acomodó en el asiento. Sabía que tenía que prepararse para la cena, pero su cabeza seguía aturdida.

Oyó que la puerta se abría. Se escucharon unas voces masculinas, una de ellas hablando del tiempo. La otra era la de Bradley.

–Minnie, ¿qué demonios…?

Probablemente iba a preguntar por qué seguía allí. La había echado de su propiedad y ahora estaba sentada en su casa. No parecía demasiado contento. Pensó si agradecerle a Minnie el té y marcharse, pero el olor del asado le hizo darse cuenta de que no había comido desde que se tomara un sándwich en el aeropuerto de Denver, hacía ya ocho horas.

–¡Ya!

Thalia no podía verlos, pero podía imaginarse a Minnie regañando a James Robert Bradley como si fuera un chiquillo.

–Chicos, id a lavaros. La cena estará enseguida.

–No quiero…

–He dicho que venga. ¡Silencio!

Thalia sonrió al imaginarse la escena que estaba escuchando.

De momento estaba a salvo. Minnie iba a darle de cenar y se aseguraría de que estuviera bien. Thalia se acomodó en su asiento y entornó los ojos viendo las llamas danzar ante ella. Necesitaba averiguar cómo convencer a Bradley de que la escuchara sin que la echara de la casa. Necesitaba un plan.

Pero primero, necesitaba descansar, aunque solo fuera un rato.

Capítulo Dos

J. R. era un adulto y, como tal, cuando no se salía con la suya, protestaba.

–Está es mi casa –dijo mientras subía la escalera.

–Claro que sí –convino Hoss siguiéndolo.

Hoss siempre se daba prisa en mostrarse de acuerdo cuando los hechos eran incontrovertibles.

–Aquí mando yo –añadió J. R., más para sí mismo que para su amigo.

–La mayoría de las veces así es –dijo Hoss y resopló.

J. R. le dirigió una mirada de odio.

–Siempre –dijo con rotundidad.

Estaba exagerando, pero lo cierto era que aquella mujer le había hecho saltar una alarma en la cabeza.

Llegaron a la segunda planta. La habitación de Hoss estaba al fondo, la de Minnie en medio frente a las dos habitaciones de invitados que siempre estaban vacías y la de J. R. al otro lado.

–No parece peligrosa.

–¿Tú qué sabrás? –replicó J. R.–. No se puede confiar en ella.

Sabía perfectamente lo peligrosa que podía ser la gente, especialmente las mujeres, de Hollywood.

Odiaba cuando Hoss lo miraba de aquella manera. En vez de quedarse allí a discutir sobre mujeres, J. R. dio media vuelta y se fue a su habitación.

Necesitaba una ducha caliente. Seguía teniendo la cara congelada después de haber estado cuidando del ganado. Cerró la puerta de su habitación y empezó a quitarse ropa. Primero el abrigo, luego los zahones, los vaqueros y el jersey, seguido de los calzoncillos largos y un par de camisetas. A pesar de estar tan abrigado, había pasado frío.

Y aquella mujer, la que estaba sentada en su butaca frente a la chimenea, se había presentado con tan solo una falda, unas medias y unas botas. ¿En qué estaba pensando para llevar tan poca ropa cuando estaban a bajo cero? La gente de Hollywood era corta de vista.

El agua caliente empezó a caer y J. R. inclinó la cabeza para que le corriera por los hombros. Sin quererlo, su cabeza volvió a aquellas botas y medias. Aquellas piernas... Sí, aquella mujer había subestimado la fuerza del viento en Montana. Probablemente había pensado que aquel ligero abrigo era suficiente para mantenerla caliente.

En el instante en que empezó a pensar qué llevaría bajo aquel abrigo, J. R. puso el freno. No era ningún adolescente para dejarse impresionar por una bonita cara y un atractivo cuerpo.Había ido a buscar a James Robert Bradley. Quería ese nombre, el nombre que él había enterrado allí once años atrás. A ella no le importaba.

A nadie le importaba, a excepción de Minnie y

Hoss. Ellos eran sus amigos, su familia y sus empleados. Lo conocían bien y eso era suficiente para él.

Una vez entró en calor, cerró el agua y se secó con la toalla. Iba a despedir a Bernie. Debería haberlo hecho hace años, pero Bernie era el único lazo con su vida anterior. Le había conseguido algunos interesantes trabajos de doblaje y, hasta ahora, había mantenido en secreto su paradero.

¿Qué habría hecho aquella mujer para conseguir que le diera la dirección del rancho? Tenía que ser muy buena en lo suyo.

Se puso unos vaqueros limpios y dejó toda la ropa sucia en el cesto. Si no lo hacía, tendría que oír a Minnie que si los hombres esto, que si los hombres lo otro. Era mejor recogerlo él mismo. Además, aunque nunca se lo diría a Minnie, prefería las cosas ordenadas.

Fue a tomar una camisa y se detuvo. Estaba a punto de sacar su camisa favorita de franela, la que tenía el cuello desgastado de tanto ponérsela. Quizá debería ponerse alguna más nueva, cuidar su aspecto.

¿Iba en serio? ¿De veras estaba ante su armario, pensando en qué ponerse porque una mujer se había presentado inesperadamente en su casa?

Su mente enseguida le recordó que hacía dos años y siete meses desde el último intento fallido de mantener una relación.

No importaba. No era bienvenida allí y, después de la cena, se aseguraría de que se fuera de su casa y nunca volviera. Tomó su camisa favorita.

Decidido, se puso las zapatilla de casa y abrió la puerta. A punto estuvo de toparse con Minnie.

–¿Qué? –preguntó sorprendido.

–Escúchame, jovencito –dijo la mujer–. Sé amable y educado esta noche.

–¿Es culpa mía que no sepa cómo es aquí el invierno? –preguntó poniéndose a la defensiva.

–Me avergüenza pensar que la dejaste fuera, en mitad de ese viento, J. R. Pensé que sabrías tratar mejor a un invitado.

Sintió que el vello de la nuca se le erizaba. Minnie había recurrido a la artillería pesada. Mentiría si dijera que no le había funcionado, ya que odiaba disgustar a Minnie. Pero era un actor transformado. Mentir solía ser su modo de vida, así que se puso serio y miró a Minnie.

–No es una invitada. Es una intrusa, Minnie. Y si no recuerdo mal, fuiste tú la que disparó al último intruso.

Aquella había sido la gota que había colmado el vaso en su última relación truncada. Estaba intentando saber si amaba o no a Donna cuando la había invitado a pasar la noche en el rancho. Las cosas habían ido bien hasta que la había invitado a subir a su habitación. Allí, había echado un vistazo al Óscar de James Robert Bradley, a sus fotos, a su vida y, a partir de ese momento, todo había cambiado. Solo le había interesado su fama. Había creído estar con James Robert. En cuestión de un minuto, se había olvidado de que J. R. existía.

Había roto con ella unas semanas más tarde y al

poco tiempo, un hombre con una cámara había aparecido husmeando. J. R. estaba en el establo con Hoss cuando oyeron el chirrido de las ruedas. J. R. había querido salir fuera y enfrentarse al intruso, pero Hoss lo había hecho quedarse. Rifle en mano, Minnie había sido la que le había dicho a aquel hombre que nunca había oído de nadie llamado Bradley y que si volvía a verlo por allí, le pegaría un tiro. Luego, le había disparado tres veces a los pies y así había terminado el incidente.

–Ese hombre era un parásito –dijo Minnie–. Esto es diferente. Ella no es así.

–¿Cómo lo sabes? Ha venido buscando a James Robert. Quiere algo, Minnie. Echará a perder todo lo que tenemos, todo por lo que hemos trabajado tanto.

–No te pongas dramático. Llámalo intuición femenina o como quieras, pero esa mujer no es una amenaza. Y espero que te comportes como un caballero, J. R., ¿está claro?

–No me digas lo que tengo que hacer, Minnie. No eres mi…

Antes de terminar la frase, J. R. se contuvo.

Una expresión de dolor asomó en el rostro de Minnie. Se había ofrecido a adoptarlo unos años después de que se fuesen a vivir al rancho. No se trataba de una adopción legal, J. R. era un hombre adulto, sino de ser adoptado por la tribu lakota. Siempre la había considerado más madre que su propia madre. La familia Caballo Rojo era su familia.

J. R. había dicho que no. No se encontraba cómodo siendo un hombre blanco en una tribu de indios americanos. Sabía que si se conocía que James Robert Bradley había sido adoptado por la tribu lakota, los cotilleos harían daño a muchas personas, no solo a él, y no quería que Minnie o Hoss sufrieran.

–Lo siento. Es solo que...

–Está bien –dijo Minnie dándole unas palmaditas en el brazo–. Estás un poco... agobiado.

–Tal vez.

Minnie, con su intuición femenina, ya se había dado cuenta.

–Aparte de eso, espero que mis chicos sean educados, incluso respetuosos.

Así eran las discusiones con Minnie. J. R. era el jefe, pero ella era la madre. Claro que enseguida hacían las paces, al contrario de lo que ocurría con Norma Bradley.

–Sea lo que sea que quiera, no voy a hacerlo.

–¿He dicho algo de eso? No. Lo único que he dicho es que vas a comportarte como un caballero con nuestra invitada.

–No es mi invitada.

–Entonces, nuestra visita –dijo Minnie–. Hazlo por mí, J. R. ¿Sabes cuánto hace que no tenemos una visita? Meses. Quiero hablar con alguien diferente a vosotros y si encima es una mujer y sabe de cotilleos, mejor.

J. R. suspiró. A Minnie le encantaban los cotilleos. Estaba suscrita a varias revistas y seguramente conocía mejor lo que estaba ocurriendo en la industria del entretenimiento que él.

–Una cena, concédeme tan solo eso. Y no te preocupes, no iba a pedirle que se quedara, a pesar de que es tarde y de que hace mucho viento.

J. R. ignoró aquel intento de hacerle sentir culpable. Tenía razón. Se lo debía y si eso suponía que iban a pasar una noche de chicas, se lo concedería.

–Bien.

–Le he reservado una habitación en casa de Lloyd –dijo Minnie y dándose media vuelta, comenzó al bajar a la cocina–: La cena estará lista en quince minutos –añadió subiendo el tono de voz para que Hoss la escuchara desde su habitación.

«Estupendo, simplemente estupendo», pensó J. R. mientras se quitaba su camisa de franela favorita y descolgaba otra verde que Minnie le había regalado por Navidad.

Por alguna razón sabía que sesenta kilómetros no era distancia suficiente entre aquella mujer de Hollywood y él.

Unos minutos más tarde bajó a la cocina. Minnie estaba comprobando algo en el horno.

–Avísala de que la cena está lista –dijo sin mirarlo.

Lo estaba castigando.

J. R. se dirigió a su asiento, al otro extremo de la habitación. Lo único que podía ver de la desconocida era su pelo dorado sobresalir por el respaldo de la butaca.

Se había quedado dormida. Tenía la manta de búfalo sobre los hombros y la boca entreabierta, incitando a que la besaran. J. R. apartó aquella observación, aunque no le resultó sencillo. Tenía estiradas las piernas y el dibujo de sus medias no parecía tener fin. Intentó tragar saliva, pero la boca se le había quedado seca.

–¿Señorita?

No se movió. Tenía la cabeza apoyada en una mano y la otra en la cintura. Minnie tenía razón. Aquella mujer no parecía capaz de destrozar su vida.

Pero se recordó que el aspecto no lo era todo. No podía bajar la guardia. Aun así, esa idea no evitó que se pusiera de cuclillas ante ella. Se había recogido el pelo en una trenza y algunos mechones se le habían soltado, cayéndole alrededor de la cara. No pudo evitar desear apartárselos.

Pero no lo hizo. En vez de eso, le tocó en el hombro y rápidamente apartó la mano, como si fuera a morderlo.

–Señorita, despiértese.

Ella se movió y abrió los ojos antes de sonreír.

–Es usted.

El candor de sus ojos no parecía tener nada que ver con la chimenea que J. R. tenía a su espalda.

–Sí, soy yo.

El tiempo pareció detenerse cuando alargó la mano y se la pasó por la mejilla y la barba de diez días. Aquel roce le resultó tremendamente erótico. De repente, la sangre de la cabeza se le desplazó a otras partes de su cuerpo. Si se hubiera despertado así de guapa en su cama, junto a él, desde luego que aquello no habría terminado con una caricia en la mejilla.

¿En qué demonios estaba pensando? El problema era precisamente ese, que no estaba pensando.

Debió de apartarse sin darse cuenta porque ella quitó la mano y parpadeó repetidamente.

–Oh, yo…

Desesperado por poner distancia entre aquella mujer y él, J. R. se puso de pie.

–La cena está preparada.

La mujer bajó la vista, sonrojándose. ¿Se sentía tan aturdida como él? Claro que sí, pero no por la misma razón que él. La había despertado de un sueño profundo. Tenía motivos para sentirse perdida.

–Tenía unas botas –dijo ella, atusándose el pelo.

La suavidad de su voz había desaparecido. Volvía a ser la mujer que había irrumpido en su vida.

–Aquí están –dijo tomando las botas que Minnie había dejado junto a la chimenea, y se las dio.

Ella evitó rozarlo al tomarlas.

–Necesito usar el baño…

Las mujeres, y aquella en particular, no deberían parecer tan inocentes cuando se sonrojaban.

–Claro –dijo él señalando hacia el cuarto de baño que había detrás de ella.

–¿Está bien que deje esto ahí? –preguntó refiriéndose a la manta.

–¿La manta de búfalo de Minnie? Sí, claro.

–Ah, una manta de búfalo.

¿Qué pensaba que era? Quizá fuera una de aquellas estrictas vegetarianas. Pero en vez de darle una charla sobre los derechos de los animales, sonrió.

–Gracias –dijo antes de meterse en el baño.

¿Dónde estaba la prensa? ¿Dónde los halagos para alimentar su ego? En ninguna parte. Simplemente estaba ante una mujer que, por un instante, se había alegrado de verlo.

Aquella cena era un error. Dudó si esconderse en su habitación hasta que la mujer, cuyo nombre todavía desconocía, se fuera.

Entonces, vio que Minnie lo estaba mirando desde el otro extremo de la habitación, mientras daba golpes con la cuchara de madera en la encimera. Había prometido ser amable y educado, lo que no incluía esconderse.

Así que en su lugar puso la mesa. Hoss bajó justo cuando J. R. estaba acabando. Tenía la habilidad de no estar presente cuando hacía falta hacer alguna tarea doméstica.

–¿Y bien?

Minnie sacudió la cuchara de madera como si fuera un arma.

–Va a quedarse a cenar y espero que te comportes.

–¿Acaso no soy un ángel perfecto? –dijo Hoss poniendo cara de inocente–. ¿Puedo al menos sentarme a su lado?

–No –respondió J. R.

–No, yo voy a sentarme a su lado. Vosotros vais a sentaros en vuestros sitios de siempre. ¿Está claro?

–Sí –contestó Hoss mirando a J. R.

Entonces, un ruido al otro extremo de la habitación llamó la atención de todos. Aquella mujer estaba junto a la silla, con el pelo recogido. Se había quitado el abrigo y las botas. El vestido de lana gris que llevaba era ceñido y dejaba adivinar una figura espectacular y unas piernas igualmente espectaculares. Era impresionante o quizá tuviera un buen cirujano plástico. Con gente de Hollywood, nunca se sabía.

Luego clavó los ojos en los de él y tuvo la misma sensación que cuando lo había tocado, solo que en esta ocasión, había unos diez metros de distancia entre ellos.

«No ha venido a por ti, J. R. está buscando a James Robert», se dijo.

–Vaya –murmuró Hoss a su lado.

–¿Se siente mejor? –preguntó Minnie al pasar cerca de J. R. para recibir a la invitada.

–Mucho mejor, gracias –contestó sonriendo–. ¿Dónde dejo el abrigo?

–En la silla. Haré las presentaciones –dijo Minnie tomándola del brazo para conducirla hasta J. R. y Hoss–. Él es Hoss Caballo Rojo y él J. R. Bradley.

J. R. puso los ojos en blanco. Era evidente que la mujer sabía quién era. Si no, no estaría allí.

–Chicos, ella es Thalia Thorne.

Hoss extendió la mano.

–Un placer, señorita Thorne.

–Por favor, llamadme Thalia. Encantada de conocerte, Hoss –dijo y volvió la mirada hacia Minnie–. ¿Sois familia?

–Sí, pero no le gusta que la gente sepa que soy su hijo. Creo que la hace sentir vieja o algo así.

Minnie le dio con la cuchara, lo que hizo que Thalia contuviera la risa. Luego, aquellos intensos ojos azules se giraron hacia J. R. y extendió su mano.

–Encantada de conocerte, J. R.

No podía hacer otra cosa que mirarla fijamente. ¿No iba a seguir llamándolo James Robert?

Minnie carraspeó y le dirigió una mirada peligrosa.

–Lo mismo digo, Thalia –dijo estrechándole la mano.

Al rozarse sintió calor. Probablemente se debiera a que ella se había calentado en la chimenea. Sí, sería eso.

Una breve sonrisa asomó a los labios de Thalia, pero enseguida desapareció.

–La cena huele muy bien, Minnie. No recuerdo la última vez que tomé comida casera.

Minnie sonrió, encantada con aquellos halagos.

–Siéntate a mi lado para que podamos hablar, querida.

Sentarse junto a Minnie suponía sentarse junto a J. R. también. Enseguida empezó a pensar en lo cerca que estaba de sus piernas. Cielo santo, estaba realmente desesperado.

¿Cómo iba a soportar aquella cena?

–Háblanos de ti –le dijo Minnie a Thalia mientras pasaba una cesta de panecillos de maíz por la mesa.

J. R. esperó. Todos esperaron, incluyendo a Hoss, que ya era mucho decir. Hoss no estaría intentando algo con aquella mujer delante de su propia madre, ¿no? Todo aquello no podía resultar más extraño.

–Soy asistente de producción.

J. R. no pudo evitar reparar en que había mirado a Hoss y a Minnie, pero no a él.

–Trabajo para Bob Levinson en Halcyon Pictures.

–Es un imbécil.

Nada más decir aquellas palabras, Minnie lo miró como si estuviera a punto de lanzarle la cuchara a la cabeza.

–Perdón por mi lenguaje.

Una breve y nerviosa sonrisa asomó al rostro de Thalia, pero seguía sin mirarlo a los ojos. ¿Qué clase de táctica de negociación era aquella en la que se ignoraba a la persona a la que se estaba tratando convencer?

J. R. había tenido la desgracia de trabajar en dos películas de Levinson y ambas habían sido una tortura. No suponía que Levinson hubiera mejorado con los años. Esa clase de hombres nunca lo hacía. Se volvían más mordaces.

Aquella Thalia, que parecía tan cándida e inocente, trabajaba para él. En muchos aspectos, no era de fiar.

–¿Eres famosa? –preguntó Hoss.

J. R. dirigió una mirada de odio a Hoss.

–Solo para mi madre –dijo Thalia sonriendo–. Cada vez que una de mis películas llega a Norman,

Oklahoma, queda para verla con sus amigas. Cuando ven mi nombre en los créditos, se ponen de pie y empiezan a aplaudir. Soy famosa durante un segundo.

–¿Así que no eres de California?

Los ojos de Minnie brillaron y su sonrisa era sincera. J. R. se dio cuenta de que se lo estaba pasando bien y eso le hizo sentirse mejor.

–No, llevo allí unos diez años.

–¿Qué hace un asistente de producción?

Hoss estaba siendo agradable y eso le molestaba a J. R., que sentía deseos de darle una patada bajo la mesa. Hoss no era su tipo. No estaba seguro de cuál sería su tipo, pero Hoss era un hombre decente, honesto y trabajador, además de bromista. En otras palabras, era el tipo de hombre que las mujeres como Thalia Thorne se tomaban para desayunar.

–Un poco de todo. Busco localizaciones, preparo presupuestos y hago contratos.

Dijo todo aquello sin mirar a J. R. El esfuerzo que estaba haciendo para evitar mirarlo evidenciaba que era plenamente consciente de su presencia.

–En una ocasión participé en una película. Minnie y yo hicimos de extras como indios –dijo Hoss sacudiendo la cabeza–. Primero me mataron y luego cortaron la escena. Entonces renuncié a Hollywood y preferí seguir trabajando en el rancho.

Qué de tonterías. J. R. estaba a punto de dar un codazo a Hoss cuando Thalia rompió a reír.

–¿Es eso cierto? La fama puede ser caprichosa.

–Desde luego –convino Hoss y dirigió una mirada triunfante a J. R.–. ¿Siempre has sido ayudante de producción?

–No. Siempre quise ser actriz –respondió Thalia con su tono de voz suave–. Estuve a punto de conseguirlo. Participé en tres episodios de una serie, pero también me mataron –dijo sonriendo a Hoss.

¿Una actriz frustrada? ¿Y qué? Hollywood era la tierra de los sueños rotos.

–¿Conoces a Jennifer Garner? –preguntó Minnie, y al ver que Thalia asentía, se le iluminaron los ojos–. Siempre he querido saber si es tan simpática como parece.

–Es normal. Deberías haber visto la fiesta que dio cuando nació su hijo. ¡Vaya regalos!

Thalia empezó a contar detalles, pero ninguno con malicia.

El sexto sentido de Minnie tenía razón. Thalia Thorne no se comportaba como alguien que fuera a rebuscar en la porquería. Pero había ido por algo y la pregunta era a por qué. Sabía que era una cuestión de tiempo que se descubriera.

Aun así, no parecía tener prisa. Comió y charló como si fueran amigos de toda la vida mientras Minnie servía el asado y las patatas. Era el plato favorito de J. R., pero aquella noche nada le sabía bien. Thalia no dejaba de sorprenderse por todo y a Minnie parecía haberle tocado el gordo. Aquello era irritante. Era como si no estuviese sentado en la mesa.

–¿Qué te ha traído hasta aquí? –preguntó Minnie.

Era la pregunta que todos tenían en mente, incluyendo a J. R.

Thalia se limpió los labios con la servilleta y bajó la vista. Por un segundo, J. R. casi sintió lástima por ella. No había hecho nada de lo que esperaba que hiciera y tenía la sensación de que sabía exactamente hasta dónde podía llegar.

–Estoy trabajando en una película que se llama *La sangre de las rosas*, que está prevista que se estrene en diciembre.

A tiempo para competir por un Óscar, como a Levinson le gustaba.

–¿De qué trata? –preguntó Hoss inclinándose hacia delante y con los ojos fijos en Thalia, como si cada palabra que saliera de su boca fuera un rubí.

–Es un western que se desarrolla en Kansas, después de la Guerra Civil. Una familia de esclavos liberados trata de empezar una nueva vida, pero a algunos vecinos no les gusta la idea –dijo y carraspeó antes de continuar–. Eastwood está interesado en dirigirla, Freeman ha firmado y estamos en conversaciones con Denzel.

Era un reparto impresionante. Sin duda alguna Levinson esperaba romper los récords de nominaciones.

–Me encanta Denzel, sobre todo cuando hace de malo. ¿Lo conoces? ¿Es tan sexy en persona como en las películas?

Thalia ya se había ganado a Minnie, eso estaba claro.

–No es lo mismo –admitió Thalia–, aunque es

bastante atractivo. Cuando estás rodeada de famosos, dejas de fijarte en quién es más guapo o más simpático. Lo que acaba importando es si son gente agradable con la que trabajar. Dicho esto, Denzel es un tipo con el que a todo el mundo le gusta trabajar, y su mujer es encantadora.

Entonces lo miró, más que para ver si se creía lo que decía para buscar su comprensión.

¿De qué demonios iba a aquello?

–¿Qué papel habías pensado para él? –preguntó Hoss señalando con la barbilla a J. R.

–Pensaba que James Robert Bradley sería perfecto para el papel de Sean Bridger, el veterano confederado de la Guerra Civil que inesperadamente acaba ayudando a defender las tierras de los hombres liberados –dijo con expresión indescifrable–. Quería saber si te interesaba el papel, J. R.

¿Así que era idea suya y no de Levinson? Había algo oculto en lo que había dicho. Se repitió sus palabras mientras mantenía un gesto neutral. Pensaba que James Robert era perfecto, pero se lo había pedido a J. R. por si estaba interesado. Había clavado su mirada en él y volvió a sentir aquella corriente de energía entre ellos. No solo lo estaba mirando, sino traspasando las barreras que había entre James Robert Bradley y J. R. Era consciente de la diferencia que había entre las dos vidas. Lo había comprendido y posiblemente lo respetaba.

Era más peligrosa de lo que había pensado en un principio.

Eastwood director, Freeman y Washington protagonistas. Eran los adecuados para convertir en éxito un western y ella había pensado en él. Mentiría si no admitiese que se sentía halagado, pero eso no cambiaba las cosas.

–No me interesa.

Rompió el contacto visual y, en consecuencia, la tensión que había entre ellos.

–¿Hay indios en esta película?

Por una vez, J. R. quiso que Hoss no se callara.

Thalia tardó en contestar. No debería importarle si la había defraudado, así que ignoró la sensación.

–Por desgracia, no. Creo que ya los habían echado antes de la época en la que tiene lugar nuestra historia. Si surge algo, me acordaré de ti.

Después de eso, la conversación decayó. J. R. quería que se fuera para que desapareciera aquella tensión. Quería que dejara de mirarlo de aquella manera. No quería pensar en aquellos ojos tan bonitos ni en aquellas piernas tan largas...

Pero le había prometido a Minnie que se comportaría, así que se concentró en aquella comida insípida. Después de unos segundos, Minnie hizo una pregunta sobre otro actor y Thalia contestó con lo que le pareció un entusiasmo forzado.

–Puedo ofreceros pastel de chocolate o galletas –dijo Minnie, lo cual significaba que J. R. estaba libre.

–Muchas gracias, pero tengo que ponerme en marcha –dijo Thalia y, mirándolo, añadió–: Lo he pasado muy bien. Os habéis portado genial conmigo, pero no quisiera robaros más tiempo.

–Al menos, llévate unas galletas.

Minnie se había puesto de pie. Nunca dejaba que nadie se fuera sin llevarse algo de comida.

–Me ocuparé de recoger los platos –dijo Hoss empezando a quitar la mesa.

Antes de que J. R. procesara el repentino interés de Hoss por ocuparse de una tarea doméstica, se encontró sentado a solas con Thalia. No le asustaba mirarla ni comprobar cómo su presencia despertaba partes de él que había olvidado que existieran.

–¿Qué le vas a decir a Levinson?

–No lo sé.

Por el rabillo del ojo vio que parecía preocupada. Por alguna razón, eso le molestaba.

–Pareces una buena persona. ¿Cómo es que trabajas para él?

Ella clavó su mirada en él y de nuevo sintió aquella conexión.

–He descubierto que muchas veces la vida le lleva a uno por caminos que nunca pensaba que tomaría.

Estaba haciéndolo otra vez, traspasándolo con su mirada. ¿Y si lo que decía tenía sentido? ¿Y si era honesta? ¿Y si de veras había congeniado con Minnie y Hoss?

Ella no encajaba allí. Sería mejor que volviera y le dijera a Levinson lo que quisiera. Tal vez acabara siendo portada de las revistas de la siguiente semana y la gente fuera hasta allí solo para conseguir una foto del esquivo James Robert Bradley.

–Ya estoy aquí –anunció Minnie volviendo a la

mesa con el postre–. Estas son las indicaciones para llegar a la casa de Lloyd. Lo llamaré y le avisaré de que estás de camino. Y aquí está nuestro número –dijo mientras lo escribía en un papel–, llámame cuando llegues.

J. R. carraspeó. Minnie le estaba dando su teléfono. ¿Desde cuándo era eso una buena idea?

–Quiero asegurarme de que llegas sana y salva –añadió Minnie mientras mataba con la mirada a J. R.

Thalia dio las gracias a Minnie y a Hoss con tanta amabilidad como si fuesen viejos amigos. Hoss fue a buscar su abrigo y, como todo un caballero, le ayudó a ponérselo.

Después de abrochárselo, Thalia se giró hacia él. J. R. no sabía si retirar la mirada o contemplarla detenidamente. No iba a volver a verla, y desde luego que no quería tener que hacerlo, pero sabía que el recuerdo de su extraña visita lo perseguiría una buena temporada. Quería asegurarse de recordarla tal cual era.

–J. R. –dijo al extender la mano.

–Thalia.

Su piel era suave y cálida. Su expresión era casi la misma que cuando se había despertado un rato antes. Quería estar enfadado con ella, pero no podía.

–Ha sido un placer conocerte –dijo Minnie y al instante Thalia soltó la mano de J. R.–. Que sepas que eres bienvenida en cualquier momento.

Todos se quedaron a la expectativa, a la espera de que J. R. dijera algo descortés, pero se mordió la lengua. En parte quería volver a verla y comprobar si era así o si toda la velada había sido un plan diseñado para tranquilizarlo.

Quería saber si seguiría mirándolo de aquella manera, como traspasándolo.

Minnie la acompañó al coche, mientras Hoss las miraba por la ventana. J. R. se quedó inmóvil donde estaba.

Quería volver a verla, pero esperaba no volver a hacerlo.

Capítulo Tres

La distancia a Billings volvió a hacérsele larga cuando a la mañana siguiente condujo hasta el aeropuerto. Cinco horas era mucho tiempo para pensar, quizá demasiado.

J. R. le había preguntado qué iba a decirle a Levinson y todavía no tenía una respuesta. Una noche en vela y un copioso desayuno con Lloyd no le habían ayudado a encontrarla.

¿Qué opciones tenía? Podía dimitir antes de que Levinson la despidiera. Eso podía serle de ayuda a corto plazo para mantener su reputación, pero antes o después el rumor empezaría a correr. La gente acabaría escarbando y sacando a la luz viejas fotografías de Levinson y ella y empezarían a hacer comentarios. No importaría que esta vez no hubiese habido romance. Solo con sugerirlo resultaría perjudicial para ella. Por segunda vez, Levinson saldría indemne y la carrera de Thalia acabaría por los suelos. Al igual que la última vez, cuando nadie la había contratado como actriz, esta vez no la contratarían como productora. Y si no se era actor o productor, no se era nadie en Hollywood.

Tenía que evitar cualquier hecho que pudiera dar lugar a habladurías, así que dimitir estaba descartado. ¿Qué podía hacer para mantener su trabajo? Podía darle a Levinson una lista de razones de por qué había sido una mala idea recurrir a Bradley. Claro que todo sería mentira. El hombre era tal y como se lo esperaba, aunque algo menos guapo que quince años atrás.

Su pelo había pasado de rubio a castaño y a la luz de la chimenea se adivinaban mechones dorados. Su barba de diez días era la prueba de que ya no era ningún muchacho. Había ganado peso. Por la manera en que se movía, desde montando a caballo hasta poniéndose en cuclillas ante ella, evidenciaba una fortaleza lograda con esfuerzo.

Todo aquello hacía que mereciera la pena deleitarse, pero sus ojos color ámbar eran lo que más había llamado la atención a Thalia. Eran lo único que no había cambiado.

Sacudió la cabeza. ¿Había acariciado aquella barba? ¿Se había comportado como una colegiala ante el hombre más atractivo del mundo? Sí. ¿Y por qué? Porque cuando había abierto los ojos, había creído estar soñando. ¿Cómo si no explicar la sonrisa que le había dedicado? Sí, había estado soñando. Ni James Robert la superestrella ni J. R. el reservado ranchero estarían interesados en ella. Se sentía como una idiota. Se había puesto en ridículo y, por cómo se había comportado él durante la cena, lo había puesto en ridículo a él también.

Al menos pensaba que así había sido. El roce y la sonrisa entre ellos apenas habían durado veinte segundos. Era difícil adivinar lo que J. R. Bradley estaba pensando. Había visto mucha agitación en sus ojos, pero no sabía en qué sentido. No sabía si se sentía avergonzado, ofendido o halagado, o las tres cosas a la vez. Lo único que sabía era que su pequeña metedura de pata le había afectado de alguna manera. También se había dado cuenta de que los ojos de J. R. eran peligrosos y que perderse en ellos podía hacerle cometer otra equivocación.

Thalia sacudió la cabeza, intentando olvidar la sensación de cosquilleo que su barba le había dejado en los dedos. Ya volvería a recordar ese instante cuando tuviera tiempo para ello, que sería en breve, cuando se quedara sin trabajo.

Estaba entrando en el aeropuerto de Billings cuando se dio cuenta de que solo tenía dos opciones. Una era presentarle a Levinson un listado de actores apropiados para el papel y confiar en que no le hiciera preguntas sobre qué había pasado con Bradley. La otra opción era volver y conseguir a Bradley.

–¿Puedo ayudarla?

Thalia se dio cuenta de que estaba ante el mostrador de facturación, con el billete de vuelta en la mano.

Tenía que convencer a Bradley. No podía darse por vencida. No le agradaría volver a verla, pero sí a Minnie Caballo Rojo. Después de todo, había invitado a Thalia a volver cuando quisiera al rancho. Si no se aprovechaba de eso, perdería su trabajo con toda seguridad.

–Señorita, ¿puedo ayudarla?

Thalia no podía irse, pero tampoco estaba preparada para quedarse. El vestido y el abrigo ya habían demostrado ser insuficientes. Si iba a volver al rancho, esta vez tenía que ir preparada.

–Sí –contestó acercándose al mostrador–. Necesito comprarme algo de ropa. ¿Dónde hay un centro comercial?

J. R. empezaba a estar harto del invierno. Alternaba los días montando para llevar a las reses y los búfalos a los abrevaderos, y descargando paja para los caballos. La faena no le importaba, era el invierno lo que peor llevaba y eso que todavía no había caído ninguna gran nevada. Lo que era otro motivo de preocupación. Si no nevaba más, el rancho andaría escaso de agua para el verano. Pero si nevaba demasiado, el número de reses disminuiría.

–Estoy demasiado viejo para esto –murmuró Hoss a su lado.

–Solo tienes treinta años –le recordó J. R.–. Te quedan muchos inviernos en el rancho.

–Al menos tú tienes opciones. Yo estoy atrapado aquí –dijo Hoss mientras soplaba una ráfaga de viento.

–¿Opciones? ¿De qué estás hablando?

Hoss se giró sobre la montura, ladeando su sombrero para protegerse del viento.

–Podías haberte ido a California. No tenías por qué haberte quedado con Minnie y conmigo.

–No quiero irme.

Aquello le sonó a mentira y él mismo se sorprendió.

–¿Por qué no? Si una mujer tan guapa como esa me ofreciera dinero por ir a un sitio soleado, me habría ido.

J. R. prefirió no contestar. Habían pasado dos días desde que Thalia Thorne estuviera allí. En apariencia, nada había cambiado. Él seguía estando al mando, seguía teniendo que dar de beber al ganado y seguía haciendo frío. Pero algo había cambiado. Minnie había estado callada desde que la visita se había ido y no contenta como J. R. había creído que estaría.

Al llegar a la última colina antes de la casa que J. R. había construido al año de comprar el rancho, vio en el camino de entrada un coche conocido.

–Mira eso –dijo Hoss–. Parece que nuestra guapa invitada ha vuelto.

–¿Qué está haciendo aquí?

–Si todavía no te lo has imaginado, no seré yo el que te dé la mala noticia –dijo Hoss en tono jocoso.

Luego, espoleó su caballo hacia el establo.

–Será mejor que no la encuentre en mi sillón otra vez –murmuró para sí mientras se dirigía al establo.

Hoss pegó un silbido al desensillar el caballo. El sonido molestó a J. R.

–Déjalo ya. No está aquí por ti.

–¿Cómo lo sabes? –preguntó Hoss.

–Está fuera de tu alcance.

–¿Ah, sí? –preguntó Hoss sacando pecho, y miró desafiante a J. R.–. No veo que estés haciendo nada por llevártela a la cama. Si no vas a intentarlo, será mejor que te hagas a un lado, viejo.

J. R. se enfadó. Era solo seis años mayor que Hoss. El muy idiota estaba intentando fastidiarlo y lo estaba consiguiendo. J. R. se esforzó por mantener la calma. Por mucho que la vuelta de Thalia lo fastidiara, no quería entrar en la cocina con un ojo morado o la nariz hinchada.

–No quiero llevármela a la cama.

Incrédulo, Hoss resopló, pero J. R. prefirió ignorarlo.

–No la quiero en mi casa. Este no es sitio para ella.

Hoss no dijo nada y tampoco insistió. En vez de eso se dio media vuelta y se encaminó lentamente a la casa sin dejar de silbar.

J. R. maldijo entre dientes y espoleó al caballo.

No quería acostarse con Thalia a pesar de lo que Hoss dijera. Representaba una gran amenaza para su vida, para la vida que había elegido. El hecho de que estuviera allí de nuevo tenía que ser señal para todos de que no debían tomársela a la ligera.

Entonces, ¿por qué era el único que estaba alarmado? ¿Y por qué su mente no dejaba de imaginársela en su cama?

Trató de apartar aquellas imágenes de Thalia enredada entre las sábanas, con el pelo revuelto, los hombros desnudos, toda ella desnuda... Se imaginó despertándola con un beso, su cuerpo reaccionando a sus caricias…

Frustrado, J. R. gruñó y dio una patada a una bala de paja mientras se encaminaba a la casa.

Su humor no había mejorado al entrar en la cocina y encontrarse a Thalia sentada en su taburete y saludando con un abrazo a Hoss. La escena le hizo desear matar a su mejor amigo.

Debió de gruñir porque Hoss lo miró y Thalia se enderezó en el asiento. El rubor de sus mejillas no hizo que J. R. se sintiera mejor.

–¡J. R., mira quién ha venido!

Por el tono de Hoss, era evidente que iba a seguir buscándole las cosquillas. Seguía rodeándola por los hombros.

–Le estaba diciendo a Thalia lo mucho que me alegro de ver su bonita cara –continuó Hoss.

–Hola, J. R. –dijo ella.

No hizo amago de levantarse para saludarle con un apretón de manos y mucho menos para abrazarlo. Eso le molestó tanto como si lo hubiera hecho.

Tras Thalia y Hoss, Minnie estaba dando golpecitos en la encimera con la cuchara de madera mientras lo miraba. Sus ojos le decían que se comportara. Sin decir palabra, se dio la vuelta y se dirigió a la escalera. Oyó que Hoss lo seguía, pero no lo esperó.

La ducha no le ayudó a mejorar su humor. No podía dejar de pensar en aquella mujer. Al menos en esta ocasión iba vestida más adecuadamente. Llevaba un jersey de cuello vuelto y holgado del mismo tono azul que sus ojos y que se ajustaba a sus curvas. Había cambiado las medias por unos vaqueros estrechos y se había puesto unas botas de cowboy. Se había soltado el pelo y unas suaves ondas le caían por los hombros.

Ahora sí parecía alguien de allí.

Ella no era así. Desconocía cómo era de verdad, pero no podía ser el sueño de un cowboy hecho realidad.

Si Hoss volvía a tocarla, J. R. lo mataría.

Se puso el jersey que Minnie le había tejido dos años antes por Navidad. Normalmente se ponía muy contenta cuando lo llevaba. Era su única esperanza de tenerla de su parte.

No podía perder la calma y añadir más leña al fuego. Si hacía falta, no diría nada más. Si permanecía callado, antes o después Thalia Thorne se cansaría de preguntar. Así de simple.

El brillo de la luz del sol en el oro hizo que se detuviera a mirar el Óscar. No sabía por qué seguía teniéndolo expuesto. Después de todo, los otros premios los guardaba en una caja al fondo del armario. El Óscar solo le había traído quebraderos de cabeza. Lo tomó de la repisa de la chimenea y sintió el frío metal. La noche en que lo había ganado, había deseado que fuera otro el que se lo llevara. Al oír su nombre, había sentido pánico. Había sabido en aquel momento que aquello suponía perder el control de su vida. Y no se había equivocado. Había dejado de ser una persona y se había convertido en una mercancía.

–Aquí soy el jefe –dijo mirando al Óscar.

Ni una cara bonita ni unas dulces palabras ni todo el dinero del mundo lo harían cambiar de opinión.

Decidido, bajó la escalera. Se mostraría amable y cortés, pero no iba a aceptar el papel. No iba a aceptar nada de Thalia Thorne.

Al menos había bajado a la cocina antes que Hoss. Thalia seguía en el taburete y Minnie estaba de pie junto a ella. Estaban echando un vistazo a la última edición de una revista.

–Me encanta el vestido de Charlize –dijo Minnie.

–Me gusta más el que llevó el año pasado en los BAFTA.

Thalia levantó la cabeza para mirarle y su rostro se iluminó al igual que había pasado cuando la había despertado dos días antes. No iba a dejarse engañar por su cara, así que se cruzó de brazos y se quedó mirándola. Pero no consiguió el impacto deseado. En vez de amilanarse, le sonrió.

–¿Los BAFTA?

–El equivalente británico de los Óscar.

–Ah. Supongo que habrá fotos en internet. Podemos buscarlas.

Minnie parecía estar en el séptimo cielo.

–Claro.

Aunque Thalia estaba hablando con Minnie, seguía mirándolo como si se alegrara de verlo. Por alguna razón estúpida, J. R. se alegraba de que no mirara a Hoss de la misma manera que a él.

–Iré a por mi ordenador –dijo Minnie y, al levantar la vista, lo vio–. Oh, J. R., vigila el horno, ¿de acuerdo?

–Yo me ocuparé –se ofreció Thalia mientras Minnie subía la escalera trasera en busca de su ordenador.

Aquella era su oportunidad, tal vez la única, de decirle que se fuera. Estaba cansado de sentirse fuera de lugar en su propia casa.

Al verla bajarse del taburete para acercarse a los hornillos, aprovechó. La tomó por el brazo y se quedaron cara a cara.

Aquello fue un error. Sus senos le rozaron el pecho a pesar de los dos jerséis que había entre ellos. Su cara quedaba a escasos centímetros por debajo de la suya y cuando lo miró, se dio cuenta del poco espacio que separaba su boca de la de ella.

–¿Qué estás haciendo aquí?

Su cuerpo parecía estar respondiendo al ligero aroma a fresas que la envolvía.

–He venido a ver a Minnie.

La voz le tembló ligeramente al empujarlo con las manos en el pecho.

–No dará resultado.

–¿El qué?

Tenía la osadía de parecer inocente. Eso lo hizo enfadarse, lo que le distrajo de la presión que se le estaba formando bajo la bragueta de los vaqueros.

–Estás intentando que Minnie me convenza para que acepte el papel. No funcionará.

¿Sabría tan dulce como olía?

Ella ladeó un poco la cabeza. Thalia cerró las manos sobre su pecho como si estuviera atrayéndolo hacia ella.

En contra de su voluntad, J. R. empezó a bajar la cabeza. No podía besarla, no podía sentirse excitado por ella. No quería estar interesado en ella, pero lo estaba. Iba a arruinar la vida que había construido y apenas le importaba. Merecía la pena por ver la inocencia de cómo lo miraba a la espera de que la besara.

–¿Te ha pedido Levinson que me sedujeras?

La indignación la hizo sonrojarse. J. R. no se sorprendió cuando ella se apartó y le dio una bofetada.

–No soy su fulana.

Su voz era fría y controlada, como si estuviera al mando de la situación.

Por la manera en que pronunció las palabras, era evidente que J. R. finalmente la había sacado de sus casillas. También era posible que toda su furia fuese fingida, un intento de seducción forzado.

–Viniendo de Levinson, no me extrañaría.

–No soy Levinson.

Eso estaba perfectamente claro. Deseaba que Minnie regresara para dejar de insultar el honor de Thalia.

–¿Por qué me necesitas? Hay actores a patadas.

Fue después de decir aquellas palabras que se dio cuenta de que podían ser malinterpretadas. Sintió que el rostro le ardía. Por suerte, ella había bajado la vista al suelo y no lo vio.

–La gente siente curiosidad. Pagarían dinero por saber qué ha sido de ti.

De nuevo, J. R. volvía a ser una mercancía.

–No voy a aceptar el papel, ni ahora ni nunca. Y no me importa lo que diga Minnie. No eres bienvenida aquí.

–¡J. R.! ¿Qué has dicho?

La situación se estaba descontrolando rápido.

–¿Estás bien? –preguntó y al ver que Thalia asentía, lo miró enojada–. Discúlpate con nuestra invitada, J. R.

El labio inferior de Thalia empezó a temblar lo suficiente como para hacerle sentir mal. Debería haber permanecido callado, pero ya no podía dar marcha atrás.

–No lo haré. Esta es mi casa y los intrusos no son bienvenidos.

Minnie lo miró entornando los ojos.

–Está bien, puede quedarse a cenar –dijo J. R. dirigiéndose a Minnie–. Me iré yo. Cuando vuelva, será mejor que se haya marchado, y esta vez para siempre. ¿Queda claro?

No esperó respuesta. Tomó su abrigo y su sombrero y salió dando un portazo.

Había estado a punto de besarla. Vaya caos.

–Tengo que irme.

Era lo único que Thalia podía hacer. Cualquier esperanza de conseguir que James Robert Bradley aceptara el papel, había desaparecido. Le había dado una bofetada, algo que no era precisamente una buena táctica de negociación. Minnie y Hoss intercambiaron miradas.

–No te preocupes por J. R. Es solo que le dan rabietas.

–Estamos acostumbrados – añadió Hoss, echando un vistazo al horno.

El aroma a comida casera inundaba la habitación, otra razón más para que Thalia se quedara a cenar.

–¿De veras? ¿Le dan con frecuencia?

–Dios mío, cuando nos mudamos aquí se ponía muy melodramático –dijo ella y suspiró–. Cada vez que alguien del pueblo le llamaba para salir, se enfurruñaba.

–No sabes en la cantidad de peleas en las que se metía –añadió Hoss–. Llegó al punto de que Denny le prohibió entrar en el bar durante una temporada. Puedes sacar al divo de Hollywood, pero no puedes sacar a Hollywood del divo.

Thalia se quedó dando vueltas a aquello mientras Minnie ponía los platos en la isleta de la cocina.

Hoss iba a decir algo más, pero Minnie carraspeó y lo interrumpió.

–Thalia, deja ahí la sal y la pimienta. Cuando estamos solos comemos en la isleta.

Decidió olvidarse del tema de las rabietas.

–¿Así que lo conocisteis en el rodaje de *A toda pastilla*?

Hoss resopló al servirse una buena ración del guiso de pollo.

–No exactamente en el rodaje. Lo conocí una noche en un bar. Llevaba un enorme sombrero, gafas y un bigote postizo. Estaba sentado en un rincón tomando una cerveza –recordó Hoss–. Estaba intentando pasar desapercibido sin conseguirlo.

Aquel comentario sorprendió a Thalia. Se sentía culpable. J. R. tenía razón. Había intentado acercarse a Minnie y aprovecharse para llegar a él porque estaba desesperada. No sabía por qué se oponía tan rotundamente a su oferta. Quizá llevaba tanto tiempo en Hollywood que se había olvidado que la gente hacía cosas por motivos que nada tenían que ver con la fama o el dinero.

–No te preocupes –dijo Minnie, dándole unos golpecitos en el brazo–. Se calmará. No tuvo adolescencia. Fue famoso muy pronto y su madre fue muy estricta.

Thalia recordó que mucha gente creía que había tenido algo que ver con la muerte inesperada de su madre a los cuarenta y dos años, razón por la que J. R. había desaparecido después del funeral.

–Así que cuando vino aquí fue como si diera marcha atrás en el tiempo. Estuvimos ocupados unos cuantos años –dijo sonriendo al recordarlo–. Pero se calmó. Volverá a calmarse.

–Lo que no entiendo es por qué está aquí. Nadie sabe que está aquí. Simplemente, desapareció.

–Creo que la pregunta es por qué has venido aquí –le dijo Minnie a Thalia–. Aunque disfruto mucho hablando de vestidos contigo, sé que no has venido a verme. ¿Por qué tanto interés en él?

–Sería una buena propaganda para la película –contestó–. La gente quiere saber qué fue de él.

Minnie sonrió, pero Thalia adivinó que su respuesta no la había satisfecho. Había dejado de sentirse cómoda. Pero, ¿qué podía hacer? Al menos, se merecía saber la verdad.

Thalia sintió que los ojos se le llenaban de lágrimas.

–Si no consigo que esté en la película, perderé el trabajo. Levinson me despedirá y hará todo lo posible para que nadie vuelva a contratarme.

Obvió contarle su aventura con Levinson, en especial cómo la esposa de él había destruido su carrera como actriz por culpa de esa aventura.

–Entiendo.

Un incómodo silencio cayó sobre la mesa. Thalia se sentía mal. Lo peor era que Minnie y Hoss le caían bien y ella se habían aprovechado de la amistad que le habían ofrecido para malmeter entre ellos y J. R.

No, lo peor no era eso. Si no se hubiera dejado llevar por la atracción que sentía por James Robert Bradley, habría negociado mejor y con más profesionalidad.

Tenía que haber hecho algo al darse cuenta de que deseaba besarla tanto como ella a él.

–No lo hará, ¿verdad?

Hoss fue el que contestó.

–Lo dudo.

–No quiere notoriedad y no necesita el dinero –añadió Minnie.

–¿Qué es lo que quiere?

Era patético tener que preguntarlo, pero se estaba quedando sin ideas.

–Bueno… –comenzó Hoss–. ¡Ay!

Thalia sospechó que Minnie le acababa de dar una patada por debajo de la mesa.

Sí, también estaba la opción sexual. Después de todo, había querido besarla. Podía lanzarse a sus brazos y seducirlo para conseguir que accediera a lo que fuese, como la había acusado de hacer.

El problema era que, en el fondo, sabía que J. R. no era una persona así. Y ella tampoco.

–Ni siquiera sé si J. R. tendría respuesta a esa pregunta.

Thalia se había dado contra un enorme muro. Evidentemente, intentarlo en su territorio no había sido una buena idea para empezar. Probablemente no podría conseguir que fuera a Hollywood, ni a ninguna otra parte neutral, para volver a intentarlo. Dudaba incluso de que pudiera disculparse. Tal vez no consiguiera demasiado, pero era evidente que no podrían tratar temas profesionales mientras se sintiera la parte desfavorecida.

Cuantas más vueltas daba a aquella idea, mejor le parecía. Después de todo, se había ido a alguna parte fuera de su casa. Sería un sitio neutral, al menos más neutral que allí.

Tenía que dirigirse a Beaverhead, recordaba haber visto un cartel de una marca de cerveza en un escaparate. Estaba convencida de que la camioneta de J. R. Bradley estaría aparcada allí en ese momento.

***

El bar de Denny estaba muy concurrido para ser mediados de semana. J. R. no habló con nadie y como de costumbre se sentó al fondo del bar y miró a su alrededor. Tal vez fuera por el tiempo. La escasez de nieve hacía que la gente saliera más. Fuera lo que fuese, el sitio estaba lleno.

Estaba en apuros. Minnie iba a arrancarle la piel a tiras. Se frotó la cara, preguntándose por qué las cosas habían salido tan mal. Estaba muy enfadado. Llevaba allí once años y pensaba que había logrado olvidarse de las sombras del pasado, pero solo había hecho falta una mujer guapa para que todo su mundo se viniera abajo. ¿Por qué había permitido que aquella mujer lo alterase tanto?

¿Y por qué no dejaba de pensar en ella?

Mientras apuraba la tercera cerveza, sintió el aire frío al abrirse la puerta. No era algo extraño. Lo que le sorprendió fue que la gente se callase. J. R. sintió que se le erizaba el vello de la nuca, pero no por culpa de la temperatura.

El bar se quedó en silencio y se oyeron las pisadas de las botas de Thalia Thorne dirigiéndose a él. Se sentó en un taburete a su lado y no dijo nada hasta que Denny se acercó.

–¿Qué va a tomar?

–Una light.

–¿Tomas cerveza? –preguntó J. R. sorprendido.

–En la universidad, tomaba mucha cerveza.

–¿En Oklahoma?

Thalia asintió con la cabeza y cuando Denny le dejó el botellín, le dio las gracias.

J. R. no sabía qué hacer. Cada vez que había intentado hablar con aquella mujer, había ocurrido algún desastre social. Por el lado bueno, Minnie no estaba allí para reprenderle por su comportamiento. Podía hablar con aquella mujer sin perder el temperamento. Al menos, debía intentarlo.

–¿Cuánto tiempo más vas a continuar persiguiéndome?

–¿Cómo dices?

–Te presentas en mi casa a pesar de los carteles que prohíben el paso y cuando por fin me voy, me sigues hasta mi bar favorito –dijo orgulloso de mantener la calma–. ¿Qué será lo siguiente?

«¿Vas a seguirme a la ducha?», pensó y se la imaginó desnuda y mojada en su baño, con el agua cayéndole por la espalda y…

Quizá había bebido demasiada cerveza. Carraspeó y se acomodó en su asiento.

Se quedó callada unos segundos, lo que le pareció extraño a J. R. Además de su habilidad para no respetar su deseo de que le dejara solo, no conocía a nadie que negociara como ella. Incluso Hoss era capaz de insistir con un fervor casi religioso para salirse con la suya. Ella no. Era como si estuviera allí en contra de su voluntad.

–Denny, una más.

El viejo dejó un botellín delante de J. R.

–Es tu cuarta. Ya sabes las reglas.

–¿Las reglas? –preguntó Thalia.

–Solo le dejo tomar cuatro.

–¿Por qué? –volvió a preguntar como si Denny estuviera contando secretos en vez de las normas de un negocio.

–Porque –contestó J. R. en vez del viejo–, con más de cuatro acabo dando puñetazos a alguien.

–O a algo –añadió Denny, levantando la esquina de un póster que ocultaba un agujero del tamaño de un puño.

–Pagué por arreglarlo. De eso hace cinco años.

Durante una temporada, le había prohibido entrar en el bar.

–Sí, me pagaste –dijo Denny y se fue al otro extremo del mostrador.

J. R. se quedó mirando la cerveza. A pesar de lo mucho que le apetecía tomársela, no tenía ganas de volver a casa y aguantar el discurso de Minnie, así que tenía que durarle.

Se quedó a la espera de que Thalia hiciera algún comentario sobre su tendencia a ponerse violento en los bares, pero no dijo nada. De repente se puso nervioso. ¿Qué sabía? O más exactamente, ¿qué le había contado Hoss?

–Hoss me contó que te conoció en un bar, tratando de pasar desapercibido –dijo ella como si le estuviera leyendo la mente–. Ahora no te ocultas.

–Ya no tengo que esconderme de nadie –dijo mintiendo–. No me estoy escondiendo de ti.

–Por eso estoy aquí –dijo acariciando la etiqueta del botellín–. Quería disculparme.

J. R. miró a su alrededor, pensando que el ruido había distorsionado las palabras de Thalia.

–¿Que quieres qué?

–Disculparme.

Seguía sin mirarlo a los ojos, pero sus dedos estaban haciendo caricias interesantes al botellín.

La había entendido bien la primera vez.

–¿Por entrar sin permiso?

Al sacudir la cabeza, el pelo le brilló bajo la tenue luz del bar. ¿Por qué tenía que ser tan guapa?

–No –dijo y volvió a girarse hacia la barra.

Él también desvió la mirada al frente. Aunque estaban sentados codo con codo, había un muro entre ellos. No sabía si le agradaba la sensación de distancia o no. Aunque le daba la posibilidad de pensar, prefería mirarla.

Alguien al otro extremo del bar silbó, lo que le sacó de sus casillas. Al parecer, a otros idiotas del bar les gustaba mirarla.

–Siento no haberme dado cuenta de lo que te estaba pidiendo que dejases.

J. R. se olvidó del silbido, del límite de las cuatro cervezas y de cómo Minnie iba a matarlo. Se olvidó de todo excepto de la mujer que estaba sentada a su lado.

–¿Qué?

Ella apuró la cerveza.

–Debería de haberme dado cuenta de que lo que te hizo…

Lo que iba a decir fue interrumpido por el brazo que se interpuso entre ellos.

–Bueno, bueno, si tenemos aquí a la gran estrella –dijo una voz a la vez que la mano daba un golpe en la barra.

Justo cuando las cosas empezaban a mejorar. J. R. no necesitaba ver de quién era aquella voz. Era Jeff Perro Grande Dorsey. Lo había contratado en verano para trabajar con el ganado. Era un buen cowboy, pero un desastre como hombre.

–Déjanos, Dorsey.

–No estoy hablando contigo, Hollywood. Estoy hablando con esta dama –dijo estudiando a Thalia–. Hola, guapa señorita.

Thalia se estremeció, confusa y algo asustada.

–Te he dicho que te vayas –dijo J. R. tomándolo del brazo–. Estás borracho.

–¡Qué miedo! Mira cómo tiemblo.

–Deberías tener miedo.

Cuando J. R. se levantó con los puños apretados, el taburete se cayó. Antes de que tocara el suelo, Dorsey se había agarrado al brazo de Thalia. Ella miró a J. R. asustada.

Al instante, J. R. tomó por el cuello a Dorsey y ambos volaron por encima de las mesas y sillas hasta dar contra la pared.

–Como vuelvas a tocarla... –dijo y le apretó un poco más la garganta a Dorsey.

Dorsey intentó darle un puñetazo a J. R., pero falló.

La gente estaba animando a Dorsey para que derribase a J. R. Al fondo se escuchaba a Denny pidiendo calma o si no llamaría a la policía. J. R. lo sujetaba con fuerza, impidiendo con su muslo el último y desesperado intento de retorcerse.

Mientras Dorsey empezaba a poner los ojos en blanco, J. R. se dio cuenta de que había perdido de vista a Thalia. Soltó a Dorsey y se apartó. El hombre cayó de rodillas, tosiendo.

Por fin vio a Thalia al fondo, abriéndose paso entre la gente. Lo bueno era que ya no parecía asustada. Lo malo, que parecía enfadada.

–Casi me estrangulas –dijo Dorsey al recuperar la voz.

–Como vuelvas a tratar a una mujer así, me aseguraré de que no vuelvas a encontrar trabajo por aquí.

La gente empezó a murmurar, algunos a favor, otros en contra. A J. R. no le importaba. Reconoció a unos diez temporeros. Ellos sabían que los trataba bien y los pagaba aún mejor. Trabajar en el rancho Bar B permitía a un hombre vivir bien durante el largo invierno. La mayoría de las miradas con las que se cruzó asintieron en silencio. Nadie quería arriesgar su puesto.

La gente le abrió paso mientras se dirigía hacia donde estaba Thalia, con los brazos en jarras.

–Vamos –dijo y se giró hacia Denny–. Avísame si te debo algo por las sillas.

Denny sacudió la mano en el aire.

Thalia tomó el bolso y el abrigo, y lo siguió fuera.

–¿Qué ha sido eso? –le preguntó nada más cerrarse la puerta del bar.

–Estaba defendiéndote –dijo sorprendido al verla enfadada.

–Sí, te agradezco que me defiendas. Pero…

Se puso el abrigo, se cruzó de brazos y se quedó mirándolo. J. R. empezaba a cansarse de que la gente lo mirara de aquella manera.

¿Desde cuándo se había convertido en el malo?

–¿Por qué estás enfadada conmigo? Dorsey es un imbécil. Lo estaba poniendo en su sitio. No es nada grave.

–Tal vez sea así aquí, en un bar en medio de ningún sitio. Pero, ¿qué pasa si alguien con una cámara te encuentra? No puedes ir pegando a cualquiera. Tienes suerte de que no te hayan denunciado por agresión, porque acabaría como titular en la portada de cualquier tabloide.

No había ninguna duda de que era el malo. Seguía sin entender cuál era el problema de Thalia. ¿Por qué se preocupaba de lo que él hacía?

–Este lugar es mi verdadero mundo y todo iba bien hasta que apareciste. Fuiste tú la que hizo que todo el mundo girara la cabeza –dijo antes de elegir las palabras que iba a decir–. Si no llamaras tanto la atención, nadie se habría fijado en mí.

A pesar del abrigo gordo que llevaba, J. R. vio que temblaba.

–No voy a disculparme por existir.

–Bueno, ibas a disculparte por algo.

–No tengo tiempo para tus rabietas –dijo ella agitando las manos en el aire–. Venía a pedirte perdón, pero es evidente que no lo necesitas y no voy a liarme a puñetazos para demostrar que tengo razón –añadió y se dirigió al coche de alquiler.

–¿Así que te parece mal que haya evitado que un borracho te manosee y no pasa nada porque me hayas dado una bofetada? Típico –murmuró mientras la veía alejarse de espaldas.

–¿Cómo dices? –dijo ella volviendo sobre sus pasos–. ¿Pretendes defender mi honor ante un borracho? –preguntó apoyando la mano en el pecho de J. R.–. ¿Tú, el que me preguntó si era la fulana de Levinson?

Él la tomó de la mano, pero no se la apartó del pecho. Quizá aquellas cervezas lo habían afectado más de lo que pensaba, porque le estaba costando seguirla. El motivo de su enfado parecía cambiar con cada exhalación que salía de sus labios.

–Nunca dije fulana. No pongas palabras en mi boca.

–No tenías por qué. Estaba claro lo que querías decir. No me acuesto con nadie para conseguir sacar adelante mi trabajo, así que si eso es lo que esperas, será mejor que te sientes.

¿De qué demonios estaba hablando?

–¿Tengo que creerme eso después de decirle a Hoss que le llamarías para ir a ver un casting de actrices?

–Eso fue una broma. ¿Acaso te dejaste el sentido del humor en Los Ángeles, además de la vida?

Estaban tan cerca que podía sentir su aliento en el rostro. La mano de Thalia seguía apoyada en el pecho de J. R. Por alguna razón deseaba sonreír. Aquello era una excusa, no había duda, pero había algo real. Thalia estaba furiosa, pero le agradaba sincerarse. Nada de andarse por las ramas de lo que ella quería, o de quién solía ser él. Sus diferencias eran evidentes.

–¿Por qué estás enfadada conmigo?

Si iban a ser sinceros, entonces él iba a tener que admitir su ignorancia.

–Porque no pareces darte cuenta de las consecuencias de tus actos. Si hubieras hecho esas cosas en mi mundo, habrías salido en las noticias. Si crees que soy un incordio, entonces no sabes lo complicada que se volverá tu vida con los paparazzi.

Otra vez se había sonrojado sin darse cuenta.

–El que estés aquí me lo pone difícil.

El fuego de sus ojos se tornó en un brillo cálido.

–Lo sé. Es por eso por lo que iba a disculparme.

Su voz era suave y seductora.

El espacio entre ellos disminuyó y él pensó que iba a ser ella la que iba a besarlo. Estaba convencido de que deseaba hacerlo. Entonces la puerta del bar se abrió y unas cuantas personas salieron. Ella se separó y no le quedó más remedio que soltarla.

–Sigues quedándote en casa de Lloyd, ¿verdad? –dijo él corriendo tras ella?

Ella se quedó inmóvil con la mano en el tirador de la puerta.

–J. R., yo...

Su voz se quebró y no acabó lo que iba a decir. Luego se metió en el coche y se fue.

Capítulo Cuatro

La camioneta de J. R. seguía allí. Estaba oscuro, así que Thalia no estaba del todo segura de que fuera él, pero algo le decía que la había seguido hasta la casa de Lloyd.

No iba a poder dormir y menos ducharse sabiendo que él estaba allí fuera.

Cuando le sonó el teléfono móvil se sobresaltó. No conocía el número, pero el prefijo era de Montana.

–¿Hola?

–Thalia, soy Minnie. ¿Has visto a J. R.?

–Sí, fui a buscarle al bar.

–¿Sabes cuándo volverá a casa? No contesta al teléfono y Denny dice que se fue contigo.

Thalia se sorprendió. El que se hubieran salido a la vez, no suponía que se hubieran ido juntos.

–No está conmigo, pero puedo llamarlo.

Así podría saber si era él el que estaba mirando su ventana.

–Gracias, querida –dijo Minnie antes de darle el número y colgar.

Thalia se quedó mirando su teléfono. Aquello ya no tenía nada que ver con el papel de la película. Parecía un punto sin retorno. Podía ir en una dirección o en otra. Podía llamarlo o podía olvidarse de que su camioneta estaba aparcada fuera.

Marcó el número. No vio movimiento en la camioneta, pero J. R. contestó.

–¿Hola?

–¿Me estás siguiendo?

Como respuesta, la luz del interior de la camioneta se encendió y vio el perfil de J. R.

–Más que seguirte, estoy cuidando de ti. ¿Estás ahí arriba?

Encendió la lámpara de la mesilla y aunque la luz era escasa, era suficiente para que la viera. Por suerte, no podría distinguir el pijama de franela que se había comprado.

–¿Hay alguna diferencia entre seguirme y cuidar de mí? Porque si la hay, no la distingo.

–Probablemente, todo el mundo en el pueblo sabe dónde estás y Dorsey no es la clase de hombre que deja pasar las cosas, al menos hasta que esté sobrio. Quiero estar seguro de que no vuelve para salirse con la suya.

–Ah.

Aquella era una buena razón. Tenía sentimientos contradictorios hacia J. R., pero desde luego que no quería volver a ver a aquel bruto otra vez.

–¿Qué más te da? Quiero decir que no te he traído más que problemas. Podías haberme dejado colgada.

–Ya veo que nada cambia en Hollywood.

–¿Qué significa eso?

–Solo porque hayas invadido mi propiedad, flirteado con mi mejor amigo y atraído la atención en mi bar favorito no significa que vaya a dejar que te pase algo. Un hombre de verdad se asegura de que una señorita esté a salvo.

Una parte de Thalia se derritió. Quizá fuera porque la habían dejado colgada en más de una ocasión. Levinson la había hecho sentirse culpable por aquella relación fugaz. Por increíble que le pareciera ahora, había creído que lo amaba. Otro ejemplo más de que había dejado que sus sentimientos se interpusieran en su trabajo.

Aquello era diferente. Saber que J. R. la defendería en vez de abandonarla a su suerte era un alivio.

–¿Qué te pasa? De acuerdo que la primera vez no había sido invitada. Pero no entré en tu casa forzando la cerradura. La segunda vez Minnie me invitó. Y no estoy flirteando con Hoss. Es un hombre agradable, pero no me interesa. Sería como besar a mi hermano. Y no es culpa mía que este pueblo esté lleno de Neandertales.

Esperaba que le dijera que todas aquellas cosas eran culpa suya, pero no dijo nada. Permanecieron en silencio y Thalia se preguntó si ya no estaba dispuesto a seguir hablando.

–¿Te ocurre muy a menudo? –dijo por fin, sorprendiéndola.

–¿El qué?

–Que te dejen colgada.

Thalia exhaló y la ventana se empañó. Levinson la había dejado colgada en más de una ocasión, pero no quería contárselo a J. R. Era evidente que se había formado una opinión de ella y no quería que le perdiera el respeto.

–Es Hollywood, puedo soportarlo –dijo–. ¿Qué? –preguntó al verlo contener la risa.

–Lo tomaré como un sí. ¿Cuánto tiempo llevas allí?

Aquello no le gustaba. A pesar de la distancia física que había entre ellos, no solo estaba escarbando en su pasado, sino que estaba llegando a lo más personal. Eso le hacía sentirse nerviosa, como si se estuviera dando por vencida.

¿Cuánto tiempo hacía que alguien le había hecho aquellas preguntas tan simples? Mucho. Después de que explotara su aventura con Levinson, se había encerrado en sí misma. La gente, los hombres, no le preguntaban de dónde era. ¿Sería porque eran unos egocéntricos o porque nunca daba a nadie la oportunidad de pasar la primera barrera?

–Mucho estás pensando. ¿O es que se te ha olvidado?

–Llevo diez años, no se me ha olvidado.

–No puedes tener más de... Bueno, supongo que llegaste allí siendo una adolescente.

Se imaginaba la sonrisa en sus labios, la misma sonrisa que había visto en los pósteres que tenía en su habitación de adolescente.

–Cumplí treinta años en septiembre, si es eso lo que quieres saber.

–Vaya, no es mucho.

No podía tomárselo como un cumplido.

–Tú hace tiempo que te fuiste. Yo ya soy un dinosaurio allí.

–¿Entonces qué sería yo? No, no contestes.

No, no iba a hacerlo porque si no tendría que decirle que era uno de esos hombres que mejoraban con el tiempo, como Cary Grant o Gregory Peck.

–Es diferente –continuó él–. Tú solo llevas diez años. Yo estuve veintiuno.

–¿De verdad? Siempre pensé que habías nacido allí.

–No, en San Louis. Mi madre me puso a hacer anuncios desde bebé. Nos mudamos a Hollywood cuando tenía cuatro años.

Su voz sonó más suave, como si se hubiera apartado el teléfono de la boca o se estuviera poniendo sentimental.

–Eras muy joven.

–Sí –dijo él–. De pequeña, ¿sabías lo que querías ser de mayor?

–No.

Thalia no sabía qué pretendía con aquel viaje en el tiempo. Aquella parecía la conversación de dos amigos y temía no querer que terminara.

–Yo quería ser bombero, astronauta y cowboy. Ah, y también militar –dijo con cierto tono de nostalgia–. Una vez volví a San Louis. No reconocía nada, ni siquiera la casa en la que me crié. De eso hace mucho tiempo.

–¿No querías ser actor?

–Era mi madre la que quería que lo fuera.

–Se te daba bien.

–Nunca elegí serlo, Thalia.

Aquellas palabras le llegaron al corazón. No parecía haber estado bebiendo. Estaba hablando muy en serio.

Se sentía muy culpable, un sentimiento que se había acostumbrado a ocultar. Le había pedido que aceptara el papel y él le había dicho que no. En vez de respetar su decisión, no había dejado de insistir. Y lo que lo hacía peor era que tenía razón acerca de la pelea en el bar. Todavía no lo habían demandado por comportamiento agresivo. En ese aspecto estaba relativamente a salvo. Era ella la que podía ponerlo en peligro. Si la gente iba hasta allí a buscarlo, sería por su culpa.

Pero mostrarse culpable era una forma de mostrarse débil y, por muy personal que fuera aquella conversación, no se humillaría. Así que intentó cambiar de conversación.

–¿Así que cowboy, eh?

–Sí.

Esta vez no se fue por las ramas y Thalia no supo leerle el pensamiento. El silencio empezó a incomodarla. Todavía le debía una disculpa.

–Siento haberte dado una bofetada antes.

–Está bien. No debí traspasar esa línea. Discúlpame por ello. Es solo que…

Cuando su voz se quebró, Thalia se apoyó en la ventana, deseando escuchar lo que tenía que decir. Vio a J. R. moverse en su asiento e inclinarse hacia delante hasta mirarla. Lo sintió tan próximo como si estuviera sentada frente a él.

–Minnie debe de estar preocupada –dijo echándose hacia atrás y desapareciendo en la oscuridad de la cabina de su camioneta.

–Sí. Será mejor que te vayas a casa.

La débil luz se apagó y Thalia pensó que había colgado.

–No permitiré que nadie te moleste, Thalia.

Ella volvió a apoyar la mano en la ventana deseando poder tocarlo, poder sentir su mano sobre la de ella.

–Lo sé, J. R.

La llamada terminó. Thalia apagó la luz, pero se quedó un momento más junto a la ventana. Sabía que la protegería y quería hacer lo mismo por él. No quería que acabara siendo vapuleado por los paparazzi, a pesar de que toda publicidad sería buena para la película. El que J. R. apareciera en los titulares, despertaría el interés por la película.

De pie en la oscuridad, mirando su camioneta, supo que no podía hacerlo. Ella nunca destruiría a alguien solo por promocionar un estreno.

No, no le haría eso a él.

Capítulo Cinco

–No me gusta este viento –dijo Hoss hundiendo la barbilla en su abrigo mientras volvían a la casa–. No me gusta nada.

–¿El qué?

J. R. intentó concentrarse en lo que Hoss estaba diciendo, pero no le resultó fácil. Tenía frío y además, estaba cansado.

–¿A qué hora volviste a casa anoche?

J. R. gruñó. Hoss ya sabía la respuesta, a las tres y media.

–Bastante tarde.

–Bueno, no me gusta nada este viento.

J. R. se enderezó en su montura y prestó atención. El viento soplaba del norte.

–¿Nieve?

–Sí, nieve –contestó Hoss–. Va a caer mucha y no tardará demasiado en hacerlo.

–¿Cuándo?

–En las noticias han dicho que mañana por la noche –dijo Hoss colocándose el sombrero–. Eso si tenemos suerte.

–Será mejor que revisemos los generadores cuando volvamos.

La casa del rancho estaba preparada para soportar una gran nevada. Las chimeneas de cada habitación eran suficientes para mantener la casa caliente, pero J. R. había invertido en varios generadores para la casa y el establo. También tenían botas, motos de nieve y comida suficiente para un mes.

Necesitaban que nevara para evitar un verano seco. En realidad, la nieve no era algo tan malo.

Eso no quería decir que a J. R. le gustara. Mucho menos le gustó cuando al bajar la última colina junto a Hoss, vio el coche alquilado de Thalia otra vez delante de su casa.

–Oh, no.

–¿Qué está haciendo aquí? –preguntó Hoss–. ¿No sabe que va a nevar?

El hecho de que su amigo no hubiera aprovechado la oportunidad de meterse con él, era prueba de lo preocupado que estaba por el tiempo.

–Mujer de ciudad.

El tiempo se estaba poniendo desagradable y peligroso. Le molestaba que Thalia se sintiera libre para ir cuando quisiera y el que hubiera conducido bajo la amenaza de una tormenta de nieve era presagio de un desastre.

Una mujer como Thalia no estaba preparada para soportar una nevada en Montana. Aunque era una fuente de distracción para él, haría cualquier cosa para asegurarse de que estuviera a salvo.

Hoss y él se apresuraron en dar de comer y abrigar a los caballos antes de regresar a la casa.

–Antes de que digas nada, no estoy aquí para convencerte de que aceptes el papel.

El efecto que aquel comentario tuvo en él fue inesperado. Tal vez fuera por el frío que había pasado fuera, el caso fue que se estremeció.

–¿Todo bien?

Hoss apareció junto a J. R. y rodeó a Thalia por el hombro. Ella sonrió y miró a J. R.

–Sí, todo bien –dijo Thalia y se irguió, obligando a Hoss a apartar el brazo–. He venido a despedirme.

Minnie hizo ruido y por primera vez J. R. fue consciente de que estaba allí. Parecía que había estado llorando. Tenía los ojos irritados y la nariz roja, y no dejaba de secársela con un pañuelo. Thalia se giró y le hizo una caricia en el brazo, como si estuviera reconfortándola.

¿Qué demonios estaba pasando?

–¿Estás segura?

Hoss también parecía preocupado, lo que hizo que J. R. tuviera la sensación de que se le estaba escapando algo.

–Sí, todo irá bien.

Thalia sonrió a Hoss, pero J. R. advirtió que sus ojos no sonreían. ¿Sobre qué estaba mintiendo?

–Siempre que pases por aquí, ven a vernos –dijo Minnie antes de darle un abrazo–. Ha sido un placer tenerte. Sé que ahora es difícil creerlo, pero ya verás como todo saldrá bien. Estoy segura.

Por la manera en que Minnie y Hoss estaban hablando, parecía que estuvieran intentando convencer a Thalia para que se quedara.

No sabía qué estaba pasando. Tampoco estaba seguro de que quisiera que se fuera. Aunque solo fuera por las condiciones meteorológicas, se dijo a sí mismo.

Esta vez, la sonrisa de Thalia fue más sincera.

–Lo sé. Si consigo entradas extras para alguna entrega de premios, te llamaré para que veas todos esos vestidos en persona.

En vez de ponerse contenta como J. R. esperaba, Minnie sollozó.

–Eso sería maravilloso, querida, pero ofréceselas primero a tu madre.

–No dejes que esos inútiles te desanimen –dijo Hoss, rodeándola por el hombro otra vez–. Espero que me llames para ir a ver algún casting de actrices, ¿de acuerdo?

–Si surge algo, serás el primero de mi lista.

Hoss y Minnie se apartaron, y Thalia y J. R. se quedaron frente a frente.

–Así que vas a volver a California.

–Sí.

Ella dio un paso hacia él, extendiendo la mano.

–J. R., ha sido un placer conocerte –añadió.

Aquella despedida parecía la definitiva. A él no le agradaba y no le gustaba que no le agradara. Quería que se fuera y se lo había dicho, pero aun así…

–Lo mismo digo –dijo tomando su mano entre la suya.

Aquel roce resultaba menos erótico que cuando le había acariciado la cara, pero no menos perturbador. Habría jurado que la habitación daba vueltas.

«No te vayas», estuvo a punto de decir.

–Y no te preocupes –dijo ella retirando la mano–; no le diré a Levinson dónde estás.

–¿Ah, no? –preguntó como si no entendiera el significado de aquellas palabras.

–No –contestó bajando la mirada–. No dejaré que nadie te moleste.

J. R. tuvo la sensación de que la habitación giraba más deprisa y se agarró al mostrador para no perder el equilibrio. Nadie, ni siquiera Minnie y Hoss, le había prometido nunca protegerlo.

Ella sonrió y la tensión se desvaneció.

–Claro que no soy tu representante, pero…

–Sí –dijo J. R. y carraspeó–. Voy a despedir a ese hombre.

–Asegúrate de que firme un acuerdo de confidencialidad antes. De esa manera, si cuenta algo, podrás demandarlo.

–De acuerdo.

Era una buena idea. ¿Por qué no se le había ocurrido antes? Probablemente porque nunca había hecho más que firmar contratos. Su madre siempre había sido la que había negociado todo.

Se quedaron quietos unos segundos. Thalia tenía que irse, pero él no quería ser el primero en decir adiós.

–Thalia… –comenzó, pero el sonido de la sirena en la radio le cortó.

Todos se sobresaltaron. Unos segundos más tarde, comenzó a oírse la voz del locutor del servicio de meteorología.

–Las siguientes localidades están en alerta por nieve a partir de las cuatro...

–Tengo que irme –dijo Thalia mirando el reloj del horno–. Tengo que tomar un vuelo que sale esta noche de Billings.

El reloj marcaba las tres y cuarto.

–No llegarás.

Por su expresión, Thalia se lo tomó como un ataque personal a su manera de conducir.

–Soy perfectamente capaz de...

Esta vez, fue el teléfono lo que la interrumpió.

Minnie contestó.

–Sí, está aquí. Ya, ya nos hemos enterado –dijo Minnie, preocupada–. No, está bien. Nos ocuparemos de ella –añadió, y después de colgar, miró a J. R.–. Era Lloyd. Va a irse a casa de su hija, que tiene un generador. Dice que dejará la llave en el buzón por si la necesitamos.

–Thalia, quédate con nosotros –dijo J. R. y al ver que abría a boca para decir algo, añadió–: Serás mi invitada.

–Todas mis cosas están en casa de Lloyd. Iba a pasar por allí para recogerlas antes de irme.

–Minnie puede dejarte algo.

–No –insistió Thalia–. Necesito algunas cosas. Tengo que tomar medicinas. Iré a recogerlas y enseguida volveré.

La sirena volvió a sonar. J. R., Hoss y Minnie cruzaron miradas. Thalia no tenía dos horas.

–Ve a por tu abrigo. Te llevaré.

–No tienes por qué hacerlo.

–Venga, vamos.

–Pero...

–Nada de peros. Voy a por el todoterreno.

–Os prepararé una bolsa en un momento por si acaso –dijo Minnie, sacando barritas energéticas.

–¿Sabes dónde esta la cuerda? –preguntó Hoss.

–Sí. Encárgate de los generadores.

J. R. miró a Thalia, que parecía confusa.

–Ve a por tu abrigo. Te espero en la puerta.

Al menos esta vez no discutió con él. J. R. avanzó caminando bajo el temporal, tomó la soga de nailon y arrancó.

En cuanto detuvo el vehículo en la puerta, Thalia y Minnie salieron a toda prisa. Thalia se dirigió al asiento del pasajero mientras Minnie metía mantas y una bolsa con comida y agua en el asiento trasero antes de volver corriendo a la casa.

«Por si acaso», había dicho Minnie, por si acaso se quedaban atrapados en la nieve.

Thalia se sentó en el asiento del pasajero, enfurruñada. Al principio, J. R. parecía estar deseando deshacerse de ella. En aquel momento la retenía como si fuera su rehén.

–Esto es ridículo –dijo ella después de que abandonaron el camino de grava.

Había hecho ese recorrido las veces suficientes para saber que estaban a quince minutos de Beaverhead. Al menos así hubiera sido si fuera ella conduciendo. J. R. parecía ir deprisa.

–Podía haberme ido sola. No hacía falta que me llevaras.

Él siguió conduciendo y no dijo nada.

–Puedo cuidarme yo sola –añadió levantando la voz.

–Thalia, cuanto antes comprendas que esto no es Hollywood, mejor será para todos.

–Soy perfectamente consciente de que no estoy en California.

–¿Alguna vez has vivido una nevada en Oklahoma?

–A veces nevaba.

Era algo poco frecuente, pero tenía bonitos recuerdos jugando a arrojarse bolas de nieve con su madre en la granja de su abuelo.

–No me refiero a nevar, sino a una tormenta de nieve.

De repente empezaron a caer copos de nieve. Enseguida dejó de verse el pavimento.

–Vaya.

La nieve siempre había sido algo divertido en su niñez. Suponía no ir al colegio, tomar mucho chocolate y galletas, y jugar a hacer ángeles con la nieve.

Aquello era algo completamente diferente.

–Te acercaré hasta la puerta. ¿Sabes dónde está el buzón?

–Sí, Lloyd me lo enseñó por si llegaba tarde algún día.

–Vamos a hacer esto juntos, pero tenemos que darnos prisa.

Enseguida se detuvieron. La casa de Lloyd se adivinaba tras un velo blanco. J. R. se giró hacia el asiento trasero y tomó una cuerda. En silencio, se inclinó sobre ella y ató la cuerda a la manilla de la puerta.

–Sal tú primero. Iré detrás de ti. Haremos esto juntos –repitió.

–De acuerdo.

No sabía qué le asustaba más, si la nieve o lo serio que estaba.

Él sonrió, abrió la puerta y la empujó fuera.

Cada copo de nieve le golpeaba el rostro con tanta fuerza que parecía estar quedándose sin aliento.

–¡Muévete! –gritó J. R. para que se apartara del todoterreno.

Estaba ante el jardín delantero porque veía la fachada y el buzón a unos metros de distancia. Con cada paso luchaba contra el viento y fue abriéndose camino hasta que puso la mano en el pomo de la puerta.

J. R. estaba justo detrás de ella, sujetándola por el abrigo. Abrió el buzón y buscó la llave. El viento estuvo a punto de arrancársela de la mano, pero metió el meñique en el llavero y la sujetó.

Por fin llegó a la vivienda, abrió la puerta y cayeron dentro de la casa. Un puñado de nieve entró con ellos. Enseguida se pusieron de pie y cerraron la puerta. Sintió alivio, aunque todavía tenían que volver.

–Tienes dos minutos –dijo él.

Thalia se apresuró. Por suerte, había recogido sus cosas antes de irse a decir adiós. Tomó la maleta y las bolsas con las compras de ropa que había hecho. Cuando bajó, J. R. estaba apoyado contra la puerta entreabierta por culpa de la cuerda. El viento empujaba la puerta con tanta fuerza que J. R. tenía que hacer fuerza con los talones para mantener el equilibrio.

–¿Tres bolsas?

–Sí.

J. R. suspiró y extendió la mano.

–Dame esas dos bolsas para que puedas agarrarte a la cuerda. No la sueltes.

–De acuerdo.

Thalia trató de tragar saliva. Empezaba a sentir miedo. J. R. giró el pomo para que la puerta quedara cerrada y Thalia dejó la llave en la mesa de la entrada. Si no tenían que detenerse a cerrar la puerta y meter la llave en el buzón, llegarían antes al coche.

–¿Lista?

Ella asintió y J. R. abrió la puerta. El viento entró con fuerza, pero esta vez Thalia estaba preparada. Con la cabeza gacha, se cuadró de hombros, sujetó la bolsa con una mano y la cuerda con la otra y comenzó a caminar con los ojos clavados en la espalda de J. R., la única vez que apartó la mirada fue para asegurarse de que la casa de Lloyd quedara cerrada.

Cuando volvió a mirar hacia delante, dejó de ver a J. R. Un nudo de pánico se le formó en la garganta. No podía ver nada y lo único que sentía era frío.

Entonces sintió un tirón tan fuerte de la cuerda que a punto estuvo de caerse. J. R. estaba tirando de ella para ponerla a salvo. Sintió dos tirones más y enseguida distinguió el coche. J. R. la metió dentro.

Seguía sintiendo el nudo en la garganta. Si hubiera intentado hacer aquello sola, habría muerto. Lo rodeó por el cuello. Las palabras de agradecimiento se le quedaron atascadas.

J. R. se quedó inmóvil unos instantes y luego la rodeó con los brazos, atrayéndola hacia su pecho.

–Sigues aquí –murmuró junto a su pelo antes de besarla en la frente–. No dejaré que te pase nada. Tenemos que irnos.

Aquel roce hizo que el nudo de pánico desapareciera y pudo volver a respirar.

–Muy bien –dijo soltándolo para ponerse en marcha.

Había llegado el momento de empezar a rezar. Cada vez avanzaban más despacio. De vez en cuando las ráfagas de viento limpiaban de nieve la carretera y era entonces cuando J. R. aprovechaba para acelerar.

En un momento dado, el viento cesó a tiempo de ver un poste sobresalir del banco de nieve. J. R. giró bruscamente el volante a la derecha y Thalia gritó al derrapar la camioneta.

–Calma –dijo J. R.

Era lo primero que decía desde que dejaran la casa de Lloyd.

Thalia quiso regañarlo por conducir como un loco, pero se mordió la lengua. Después de todo, no les había pasado nada y no quería distraerlo y arriesgarse a que les pasara algo.

Estaba segura de que estaban en el camino de grava que conducía al rancho, pero no podía ver nada con la nieve. De todas formas, J. R. parecía conocer el camino así que no le quedaba más remedio que confiar en él.

El mundo había desaparecido completamente. El único mundo que existía era el del interior del todoterreno.

De repente a su izquierda se vio la explosión de una bengala.

–¿Qué demonios...

–Balizas –dijo J. R. acelerando–. Sujétate.

El vehículo empezó a dar bandazos como si estuvieran pasando baches. Otra explosión de color rompió el blanco. Esta vez estaba más cerca. J. R. empezó a tocar la bocina. Dos balizas más se vieron entre la nieve, justo delante de la camioneta.

–Hemos llegado.

A pesar de que J. R. se había mostrado calmado y seguro, su voz era de alivio. El rancho apareció tras una cortina fantasmagórica.

–Maldita sea. Ya nos hemos quedado sin luz –murmuró J. R.

Aquello no sonaba bien pero Thalia se acordó de que le había dicho a Hoss que se ocupara de los generadores. Tal vez el corte del suministro eléctrico fuera algo temporal.

Una masa de pelo que más parecía un oso que un hombre se acercó a ellos.

–Toma tus bolsas –dijo J. R. señalando con la barbilla hacia el asiento trasero.

Thalia le dio sus cosas por la ventanilla a Hoss, que se fue a la casa para volver enseguida.

–¿Lista? –preguntó J. R. segundos antes de que la puerta del pasajero se abriera.

Sin decir palabra, Hoss la tomó en brazos y luego se giró.

–¡Adelante! –oyó gritar a J. R. a la vez que se daba cuenta de que Hoss llevaba una cuerda atada alrededor de la cintura.

Hoss estaba esperando que J. R. se agarrara. Luego entraron en la casa. No tardaron más de tres minutos, pero a Thalia le parecieron años. Hoss llevaba la manta de búfalo y los copos de nieve se quedaban pegados a la piel. Parecía un yeti.

Entraron en la casa. Minnie estaba sujetando la puerta y tiraba de la cuerda. Hoss dejó a Thalia en el suelo. J. R. tropezó y cayó de rodillas antes de que Minnie pudiera cerrar la puerta.

–Maldita sea, esto sí que es una tormenta de nieve –dijo Hoss quitándose la manta antes de ayudar a J. R. a levantarse–. Estábamos empezando a preocuparnos.

–Vosotros y yo –murmuró J. R. quitándose el abrigo.

No parecía haber recuperado el equilibrio y Thalia se acercó a él y lo rodeó por la cintura. Cuando se apoyó en ella, se sintió satisfecha. No era lo mismo que salvarle la vida, pero al menos le estaba ayudando.

Minnie recogió los abrigos de todos y los empujó a la cocina. Thalia y J. R. avanzaron lentamente y aunque se habían quitado los abrigos y las botas, seguían apoyados el uno en el otro. Thalia seguía temblando. Se sentía segura rodeada por el brazo de J. R.

Minnie los hizo sentarse en un sofá delante de la chimenea que Thalia no había visto antes. Por un lado, se sentía mimada por él. Por otro, un sentimiento de gratitud hacia J. R., Hoss y Minnie la invadió, y se sintió al borde de las lágrimas. Durante todo el tiempo que llevaba en Hollywood había estado sola, sin alguien en quien apoyarse.

La última vez que alguien la había ayudado había sido... Bueno, su madre se había ofrecido para pagarle el billete de vuelta después de que la pusieran en la lista negra. Se había dado cuenta de que nadie estaría ahí para ella. Solo se tenía a sí misma.

Hoss se había sentado en una de las butacas y estaba recordando con todo detalle todas las tormentas de nieve que había vivido.

No había conocido a nadie como J. R. y sabía que nunca volvería a encontrar a alguien como él.

–Gracias –le susurró al oído a J. R. para no interrumpir la historia de Hoss.

Él no respondió.

Capítulo Seis

–Thalia, cielo, debes de estar muy cansada –dijo Minnie colocándose a su lado–. Te enseñaré tu habitación. Hoss ha encendido la chimenea y está bastante caldeada.

–Ah, estupendo.

Sí, prefería ver la casa a seguir allí mimada e ignorada a la vez por J. R. Pero cuando fue a levantarse, sintió el peso de su brazo en el hombro. Lo miró y vio que tenía la cabeza ladeada sobre el pecho y los ojos cerrados. Eso la animó. No la había estado ignorando. Estaba dormido. Moviéndose lentamente, le levantó el brazo y le colocó la mano en el regazo. Él ni siquiera se movió.

Con razón aquel hombre estaba exhausto. Ella también estaba cansada.

Minnie recogió las cosas de Thalia, que llevaba las dos bolsas con sus compras. Hoss se les unió con una tetera y juntos subieron la escalera de atrás. Minnie iba delante con una linterna.

–¿Habrá algún problema si no tenemos electricidad?

–Mientras esté el fuego ardiendo estarás bien –dijo Minnie desde lo alto de la escalera, antes de enfilar el pasillo–. Tienes tu propio cuarto de baño.

No puedo prometerte que el agua esté caliente, pero al menos habrá agua. Si hace falta, la calentaremos en la cocina.

–Suena bien.

Minnie abrió la puerta y Thalia entró en la clase de habitación que esperaba encontrar. Había una chimenea de piedra con una repisa hecha de un árbol en una pared. En medio había una gran cama con dosel y cortinas.

–El cuarto de baño está aquí –dijo Hoss, mostrándole una puerta–. Te llenaré el lavabo con agua para que no esté tan fría.

Minnie dejó la bolsa de viaje en la cómoda de cedro que estaba a los pies de la cama.

–Te correré las cortinas. Te ayudarán a mantener la temperatura –dijo y corrió tres de las cuatro cortinas, dejando abierta la que daba al lado de la chimenea.

Hacía tres horas que Thalia se había puesto de camino a casa. Si se hubiera dirigido a Billings en vez de ir a despedirse, en ese momento estaría en alguna cuneta esperando que alguien la encontrara. Sin embargo estaba en una habitación de invitados del tamaño de su apartamento y acompañada de unas personas que le iban a dar cobijo.

–No tienes de qué preocuparte, cielo. Hemos tenido peores tormentas que esta. Estoy segura de que mañana los chicos pondrán hacer que funcionen los generadores y tenemos una garaje entero lleno de leña. Podemos estar así todo un mes.

Thalia sintió un nudo en la garganta y fue incapaz de decir nada. ¿Un mes? ¿Cómo se suponía que volvería a Hollywood?

¿Quién la echaría de menos? Tal vez Levinson, pero no estaría preocupado por ella sino por el trabajo que no haría. Su madre sabía que había ido a Montana, pero a menos que se hablara de la tormenta en las noticias, pensaría que todo iba bien. Eso sería lo mejor. No quería que su madre se preocupara y fuera incapaz de dar con ella.

Nadie más se daría cuenta de que no había vuelto. Tenía algunas compañeras en el trabajo con las que solía comer, pero no tenía amigas íntimas. Nadie se preocuparía por ella.

Allí todo era diferente. Apenas conocía a aquella gente, pero J. R. había puesto en peligro su vida para que estuviera a salvo, y Minnie y Hoss la habían recibido con los brazos abiertos. A ellos les importaba.

–Tengo que ir a ver cómo van las chuletas –dijo Minnie–. La cena estará enseguida.

Y después de la cena, ¿qué? Tenía una acogedora habitación justo enfrente de la de J. R. Estaría allí poco tiempo, así que lo mejor sería aprovecharlo al máximo.

J. R. se quedó sentado muy quieto, tratando de oír pasos. Cuando estuvo seguro de que todo el mundo estaba arriba, se levantó y se fue al cuarto de baño. El agua estaba congelada, pero se lavó la cara.

No podía creer que hubiera fingido estar dormido. Era un acto de cobardía y lo sabía. Pero como le había pasado desde que Thalia había llegado, se sentía desarmado y no sabía cómo reaccionar.

Apenas podía ver su reflejo en la oscuridad del interior del baño, pero aun así se quedó mirando fijamente. ¿Qué demonios le estaba pasando?

Le había gustado sentir a Thalia a su lado. Se había sentido seguro con su brazo alrededor de la cintura y él tomándola del hombro. Había deseado que aquel momento no terminara.

–No seas imbécil –le dijo a su reflejo.

Todos aquellos sentimientos no deseados eran el resultado de una larga velada y una tarde peligrosa. Thalia era alguien en quien no podía confiar. Podía arruinar su vida y destrozar todo lo que había construido.

Ella era de Hollywood. Había sido actriz y trabajaba para Levinson. De ninguna manera podía confiar en ella.

Así que cuando se había sentado a su lado, rodeándolo con un brazo por la cintura y apoyando la cabeza en su hombro, y le había dado las gracias, se había dado cuenta de que no era un acto fingido ni una táctica de negociación. Se había quedado de piedra. Hubiera deseado atraerla hacia él y darle un suave beso en los labios.

Oyó unos pasos arriba. El baño estaba debajo de la escalera, así que eso significaba que alguien estaba bajando. Rápidamente salió. Se acostaría pronto, pero no se perdería la cena. No si Thalia iba a estar allí.

Hoss estaba echando más leña al fuego y Minnie estaba vigilando el horno. En muchos aspectos, aquella era una noche normal, salvo por la tormenta de nieve y la mujer del piso de arriba.

–¿Se ha ido a la cama? –preguntó sin saber muy bien qué respuesta prefería.

–No, está instalándose –dijo Minnie mientras sacaba los platos–. Cenaremos delante de la chimenea, si te parece bien.

–Sí, claro.

Cuando se quedaban sin suministro eléctrico en invierno, siempre acercaban el sofá y las butacas a la chimenea y hacían las comidas allí. La mayoría de las veces también era allí donde dormían para solo tener un fuego.

Thalia bajó unos minutos más tarde. Se había cambiado de ropa. Él también debería haber subido para cambiarse los vaqueros. Demasiado tarde. La comida ya estaba preparada.

–Servíos –dijo Minnie, colocando una bandeja con chuletas y arroz.

–¿Estás bien? –preguntó J. R. a Thalia en voz baja.

Tenía buen aspecto, pero algo en su expresión le preocupaba.

–Sí, es solo que el día ha sido muy largo. ¿Y tú? ¿Has descansado algo?

–Sí –mintió y le dio un plato para que se sirviera antes de comentar lo bien que olía.

Lo más curioso de todo era que todo parecía normal. Lo que quería decir que no lo era.

Cuando volvieron junto al fuego, Minnie y Hoss ya se habían sentado en las butacas. ¿Qué era aquello? ¿Una conspiración? J. R. se sentó en el sofá a esperar. ¿Se sentaría Thalia a su lado o al otro lado del sofá, cerca de Minnie?

Al final se sentó en medio de los dos.

La cena resultó agradable. Thalia estuvo haciendo preguntas sobre las nevadas, J. R. contestando, Hoss contando historias terroríficas y Minnie tranquilizándola.

En ningún momento Thalia se refirió al cine, a los Óscar o a James Robert Bradley. Lo trató como si fuera un amigo y no alguien especial o diferente.

Él estaba disfrutando, especialmente cada vez que lo miraba, cosa que hacía con bastante frecuencia. No estaban lejos el uno del otro. La chimenea le daba un brillo cálido a su rostro y su sonrisa era sincera.

Tal vez se quedaran allí atrapados una o dos semanas. No podía hacerse el dormido todo el tiempo. ¿Qué iba a hacer?

Al acabar de cenar, Thalia estaba tratando de disimular sus bostezos y J. R. estaba demasiado cansado para hacer el esfuerzo.

–Me voy a la cama –dijo Thalia.

–Avisa si necesitas algo –dijo Hoss envuelto en la manta de búfalo y sin apartar la mirada del fuego.

J. R. sabía que Minnie y él pasarían media noche despiertos recordando historias familiares mientras el fuego continuase ardiendo. Los dos primeros inviernos allí, se había enterado de muchas cosas, como de que el padre de Hoss había muerto en un accidente de coche siendo un niño y de cómo Minnie se había criado con su abuela.

–Buenas noches a todos –dijo Thalia mirándolo al ponerse de pie.

J. R. tuvo que contenerse para no tomarla de la mano y llevarla arriba a su dormitorio. En vez de eso, se levantó y tomó la linterna.

Subieron la escalera en silencio. J. R. deseaba llegar a su habitación y cerrar la puerta cuanto antes pero debía dejarla en la habitación y asegurarse de que estaba bien.

El pasillo estaba a oscuras y bajo aquella luz, los ojos de Thalia se veían enormes. ¿Estaría asustada?

–Todo irá bien –dijo él mientras avanzaba por el pasillo.

Ella asintió, pero no dijo nada, lo que le hizo sentir que debía decir algo más.

–Mi habitación está ahí. Si necesitas algo…

–J. R., yo… –empezó ella.

–Sí, llámame si necesitas algo. Hasta mañana. Buenas noches.

Y rápidamente se dirigió a su habitación.

Aquello era extraño.

Thalia se puso su pijama de franela, echó otro tronco de leña al fuego y se metió bajo lo que le parecieron una veintena de mantas y colchas.

J. R. acababa de dejarla en su puerta. Había arriesgado su vida por ella, pero se comportaba como si no quisiera que se lo agradeciera. Era como si la temiera.

Estaba estresada, cansada y aturdida. No era el momento de dar vueltas a las cosas puesto que no conseguiría nada.

Se acurrucó en la cama, deseando sentir los pies. La habitación estaba a unos diez grados más que el pasillo y la escalera, gracias a la chimenea. Aunque no se moriría de frío, tampoco hacía calor.

Recordó el brazo de J. R. alrededor de los hombros y empezó a entrar en calor. Su mente rememoró el momento en el coche en el que la había besado en la frente. Había estado a punto de besarla en tres ocasiones. ¿Iba a tener que conformarse con un roce de sus labios cuando estaba al otro lado del pasillo?

Al menos, aquellos pensamientos la ayudaban a mantenerse caliente. El tiempo parecía haberse detenido. No había día o noche, luz u oscuridad, tan solo la blanca nieve y el fuego rojizo, una cama confortable, unos pies fríos y, al otro lado del pasillo, el hombre al que siempre había deseado.

Pensó en su vida, en su madre y en lo que le esperaba a su vuelta a Hollywood. Pensó en *La sangre de las rosas*, la película en la que no participaría. Habría sido una gran película.

En algún momento, Thalia supo que dormía porque estaba soñando que estaba viendo *A toda pastilla* en el cine con su novio de la universidad. De eso hacía mucho tiempo, pero la situación le había parecido muy real. La mirada color ámbar de James

Robert había traspasado la gran pantalla para prender su corazón. ¡Cómo le gustaba esa película y su protagonista! Había visto todas sus películas, pero aquella en concreto era la que había hecho que su enamoramiento de adolescente se convirtiera en obsesión.

Entonces la escena cambió y James Robert estaba en una cabaña, apoyado en la repisa de una chimenea. La luz del fuego hacía que su pelo brillase dorado en la oscuridad de la estancia y parecía preocupado.

Un momento. Aquella escena no estaba en la película. La había visto tantas veces que se la sabía de memoria.

Se incorporó, pero la escena no cambió. J. R. estaba en su habitación, con un pijama de franela verde y azul, bajo un grueso albornoz verde.

–¿J. R.?

–Mi fuego se ha apagado. Quería asegurarme de que el tuyo siguiese encendido.

–¿Tienes frío?

Él se encogió de hombros. Ni siquiera la había mirado, como si temiese que estuviera desnuda y no quisiera invadir su intimidad.

–Tienes frío –repitió ella, esta vez afirmándolo.

Su fuego se había apagado, así que había ido a asegurarse de que estuviera bien.

–Estoy acostumbrado.

Thalia trago saliva. ¿Estaba segura de no estar soñando que J. R. estaba allí en su habitación? Deseaba tocarlo, sentir sus manos en su cuerpo.

–Puedes quedarte si quieres.

Aunque no se movió, todo él se puso tenso.

–Ya me voy.

–No, quédate. Al menos hasta que te calientes.

Pensó que iba a marcharse, pero vio que se sentaba en el suelo.

–Hasta que me caliente.

No parecía querer irse a dormir. Tenía la misma sensación que había tenido durante la conversación telefónica de la noche anterior, excepto que esta vez la distancia entre ellos era de apenas unos metros. Teniéndolo tan cerca, Thalia sabía que no iba a poderse dormir.

–¿Por qué te fuiste?

–Lo odiaba –contestó él sin apartar la mirada de las llamas–. No podía ni ir a comprar fruta sin que alguien me hiciera una foto. Se reían de mi ropa, de mi cuerpo, de todo –añadió sonriendo con amargura.

–¿Se reían de ti? Pero si todo lò que leía sobre ti era glamuroso. Eras el chico de oro, el hombre perfecto.

Esta vez su sonrisa fue más sincera.

–¿Leías esas cosas?

–He visto todas las películas de James Robert Bradley.

De repente sintió que revelar aquello podía ser peligroso.

–¿Todas? ¿Incluso *La sonrisa de la muñeca*?

Esa había sido una película para adolescentes, de las primeras en su carrera.

–Incluso *La sonrisa de la muñeca.* Déjame decirte que fue una película horrible.

J. R. sonrió a la vez que se recogía las rodillas bajo la barbilla. Ya no parecía tener frío, a pesar de que Thalia se dio cuenta de que se estremeció.

–Prueba de que también soy capaz de hacer una mala interpretación. Lo que me lleva a la siguiente pregunta: ¿por qué me quieres en tu película? Y no me vengas con que la gente lo está deseando. Quiero que me des una respuesta sincera.

Tenía razón. Respiró hondo y fijó la vista en el fuego.

–Fue idea mía. Quería saber qué había sido de ti –dijo ella y al ver que J. R. no decía nada, continuó–. Tú fuiste la razón por la que quise ser actriz. Parece una locura, pero... Para cuando llegué a Hollywood, ya te habías ido. Ni siquiera volviste para entregar el Óscar a la mejor actriz de reparto al año siguiente.

Si seguía haciéndole preguntas y ella respondiendo con sinceridad, no sabía si podría mirarlo a la cara a la mañana siguiente.

–Es lo que no entiendo de ti.

Thalia se puso tensa. ¿Qué iba a decir J. R. a continuación? ¿Que estaba amargada, que nunca llegaría a ser alguien? Levinson le había dicho esas cosas y muchas más.

–Todo el mundo que conocía a James Robert Bradley se ha olvidado de mí. Es como si hubiera dejado de existir. Tú eres diferente. Sabías todo eso y aun así...

Había dolor en sus palabras. Thalia podía adivinar que más de una mujer le había roto el corazón. Tenía la cabeza apoyada en las rodillas y a pesar de la fortaleza de sus hombros, podía ver al niño que quería ser bombero, astronauta y cowboy, pero no actor.

–Me tratas como a una persona normal –concluyó.

La manera en que la estaba mirando hizo que le subiera la temperatura. El corazón se le había parado, no sabía si por el dolor oculto en sus palabras o por el cumplido que acababa de recibir. No sabía cómo responder sin parecer una estúpida.

–Para mí eres alguien normal.

Las comisuras de los labios de J. R. se curvaron. El fuego bañaba su rostro con una luz cálida. Thalia reparó en aquella sonrisa. Era una sonrisa sincera, capaz de hacerla derretirse en mitad de aquella nevada.

Entonces, volvió a ver que se estremecía y que se frotaba las piernas para entrar en calor.

–¿Sigues teniendo frío?

–Estoy bien.

De repente, volvía a mostrarse distante.

–No, no lo estás. Ven y métete debajo de las sábanas.

Había visto nevadas en muchas películas y en ellas había aprendido que la manera de no morir de frío era compartiendo el calor corporal. Confiaba en no haberlo dicho en tono seductor, pero no estaba segura.

J. R. cerró los ojos y apretó los dientes. Parecía estar soportando una tortura mental.

–Estaré bien.

Estaba cansada de que se mostrara como un hombre duro. Probablemente estaba al borde de la hipotermia. No estaba dispuesta a dejar que se fuera de allí. Se prometió que no lo tocaría. No permitiría que pensara que estaba intentando seducirlo. Aquello era completamente inocente.

Bueno, quizá no del todo. En cierto sentido, estar bajo las mismas sábanas que J. R. era más excitante que la idea de dormir con James Robert Bradley.

Apartó las mantas y se levantó de la cama. Aunque llevaba calcetines, en cuanto tocó el suelo sintió el frío. ¿J. R. había estado sentado allí? Obligar a J. R. a meterse en su cama no era precisamente hacer realidad un sueño, pero no iba a dejar que se congelara solo por orgullo.

Consiguió agarrarle del brazo antes de que llegara a la puerta.

–No, vas a entrar en calor. Ven a la cama.

Sus miradas se encontraron y la temperatura de la habitación subió.

–Lo mejor para los dos sería que me fuera a mi habitación.

–No. Y esto no tiene nada que ver con sexo –añadió más para recordárselo a sí misma que a él–. Es solo para mantenernos calientes.

–Thalia…

Su voz sonaba más profunda, peligrosa, cálida.

Estaba jugando con fuego, pero no podía dejar que se diera cuenta de cuánto le estaba afectando aquello.

–No vas a salir de esta habitación hasta que recuperes temperatura.

J. R. se quedó al lado de la cama. La luz de las llamas brillaba en sus ojos. Ella contuvo la respiración.

–Es para mantenernos calientes.

–Sí, para calentarnos –dijo él.

Se quedó de pie, mirándola. Después de unos segundos, se quitó las zapatillas y el albornoz, y lo dejó encima de las mantas antes de meterse en la cama. Luego, se quedó a la espera de que ella hiciera lo mismo. Una vez se tapó hasta la barbilla, no pudo evitar darse cuenta de que J. R. estaba casi cayéndose del otro lado de la cama.

–Solo para calentarnos –repitió él.

–¿Te quieres callar?

Thalia se acercó a él y lo rodeó por la cintura para atraerlo hacia ella. Acababa de saltarse la regla de que no lo tocaría, pero aquello no era muy diferente del modo en que se habían estado tocando en el sofá un rato antes.

–No has hecho más que preocuparte por mí. Te pegaste con aquel imbécil por mí. Condujiste en medio de la nevada. Has arriesgado tu vida por mí más veces en los últimos días que cualquier otra persona en años. Así que vas a dejar que te devuelva el favor, ¿de acuerdo? Voy a cuidar de ti.

Los ojos de J. R. brillaron. Sería fácil llevarle al límite y disfrutar de lo que ambos deseaban. Pero no quería que pensara que estaba obligándole a algo, como a aceptar aquel estúpido papel en la película. Tragó saliva, contuvo el deseo y trató de convencerse de que no estaba seduciéndolo.

–¿Sabes qué mal quedaría si dejara que murieras congelado por mi culpa? Quiero estar segura de que entras en calor.

A través del pijama podía sentir lo frío que estaba. No sabía si podría calentarlo o moriría antes por congelación.

Él exhaló y puso su otra mano en el antebrazo de ella. Thalia evitó poner una pierna encima de la de él para darle su calor más deprisa. No tenía nada que ver con querer derretirse a su lado ni con desear que la abrazara.

–Es solo que… –susurró J. R. junto a su oreja–. El que estés aquí me pone las cosas difíciles.

–No es mi intención complicar las cosas –dijo mirándolo, y sintió que se sonrojaba.

–Lo sé. Pero tú…

J. R. le acarició la mejilla con la punta de sus dedos helados. Ella se estremeció, pero no supo si era por el frío o por el roce.

–Duérmete –dijo ella y giró la cabeza para besarlo en la mano.

Había dicho que no lo seduciría y tenía que cumplir su palabra. Tenía que olvidar que estaba en la cama con James Robert Bradley, el hombre al que había deseado durante años. Tan pronto como aquella nevada fuera historia, no volvería a verlo otra vez. Tenía que ignorar que aquella sería su única oportunidad de convertir en realidad un sueño de mucho tiempo.

Se obligó a darse la vuelta y mirar el fuego. Después de unos segundos, J. R. le pasó un brazo por debajo del cuello y el otro por la cintura, atrajo su espalda contra su pecho. Aquella sensación de su cuerpo junto al suyo era lo que ella quería, aunque no lo suficiente.

–Me alegro de que estés aquí –le susurró él al oído.

Luego la soltó y su pecho subió y bajó al ritmo de la respiración.

«Duérmete», se dijo Thalia, como si eso fuera posible.

Thalia consiguió dormirse. Después de un rato, J. R. dejó de robarle el calor y empezó a devolverle el favor. Se quedó dormida sintiéndose segura en sus brazos. Daba igual lo que pasara en adelante, siempre tendría el dulce recuerdo de haber estado entre sus brazos.

De repente, algo cambió. El calor de su cuerpo no era la clase de calor que una chimenea o un puñado de mantas pudiera proporcionarle. Tenía que estar soñando. Al moverse, la presión del pecho le aumentó, despertando su deseo.

Abrió los ojos. No, no estaba soñando. Una mano de J. R. le cubría un pecho y la otra, estaba en su cadera. El abrazo se había vuelto más estrecho y podía sentir su miembro erecto contra la espalda.

J. R. dejó escapar un gemido. Thalia pensaba que estaba despierto, pero cuando sus manos se aferraron a su cuerpo, se dio cuenta de que estaba completamente dormido mientras le acariciaba los pechos.

Aquella situación le habría parecido divertida si no hubiera sido porque se estaba excitando.

J. R. se estremeció a la vez que sus dedos se hundían más en su cuerpo. Aquella sensación primitiva la hizo sentirse deseada.

Y ella lo deseaba a él. Moviéndose con cuidado para no despertarlo, puso la mano sobre la de él.

La idea de aquellas manos moviéndose por su cuerpo desnudo la hizo estremecerse.

Una parte de él ardía en deseos aunque no fuera consciente de ello. Con cada estremecimiento, con cada sacudida, su miembro erecto la buscaba con mayor ansiedad.

Cuando J. R. se estremeció de nuevo, su barba incipiente la rozó en la nuca y Thalia no pudo evitar gemir. El roce de su barba le resultó tan erótico que no pudo evitar acercar las caderas a él. ¿Cuándo había sido la última vez que había estado tan excitada?

Daría lo que fuera para que hubiera menos tela entre ellos. En aquel momento, más que desearlo lo necesitaba. No solo quería tener un orgasmo. También necesitaba sentirse deseada.

Levantó la mano libre hacia atrás y la puso en su cadera, atrayéndolo hacia ella. Otro gemido escapó de los labios de J. R., que seguía inmóvil.

Todas las líneas que había cruzado habían sido pequeñas, casi invisibles. Pero cuando su mano se deslizó entre sus cuerpos y sintió lo excitado que estaba, supo que aquella era enorme. No podía detenerse, aunque no sabía si él la detendría.

No quería que lo hiciera.

–Te deseo, J. R. Te deseo mucho.

Para dar mayor énfasis a sus palabras, le apretó la mano que sostenía su pecho mientras le acariciaba el pene erecto.

La respiración de J. R. se aceleró tanto, que en segundos empezó a jadear. Ella se giró y le dio un beso en la mejilla. Al hacerlo, él se estremeció. Sintió que la envolvía con su cuerpo mientras comenzaba a recorrerle el cuello con los labios.

–No tengo protección –dijo él.

–Estoy tomando la píldora.

Thalia le soltó la mano para que le subiera la parte superior del pijama. Cuando sintió su mano callosa en el pezón, contuvo la respiración.

–Tú me has cuidado, J. R., deja que cuide yo de ti ahora –añadió frotándose contra él.

Por un instante, él no dijo nada. Luego bajó la cabeza y la besó debajo de la oreja.

No hablaron nada más. No tenían por qué hacerlo. Ella deslizó la mano bajo la cintura de sus pantalones y le acarició el miembro.

Cuando él metió la mano bajo la cinturilla de Thalia y empezó a acariciar su zona más sensible, ella tuvo que esforzarse por mantener el poco control que le quedaba. Él debió darse cuenta de lo cerca que estaba porque le apartó con la barbilla la ropa y le mordió en el hombro.

Thalia quiso pedirle que esperara, pero no le dio opción. Sus dedos se perdieron en los pliegues de su cuerpo y empezó a acariciarla con exquisita precisión, mientras que con la otra mano jugueteaba con su pezón. Sus sacudidas fueron tan intensas que a punto estuvo de caerse de la cama al arqueársele la espalda.

Él la sujetó, apretándola contra él, hasta el último espasmo. Si hubiera estado con un hombre de Hollywood, ya estaría esperando que le confirmara que era el mejor con el que había estado.

Pero J. R. no.

–Vaya –dijo tomándola de la mano.

Luego le bajó los pantalones, se bajó él los suyos y finalmente no quedo nada entre ellos.

Thalia se retorció para conseguir el beso que tanto echaba de menos.

–J. R. –susurró.

Enseguida su boca tomó la de él y sus lenguas se enredaron. Sintió calor en la entrepierna y colocó su pierna superior encima de la de él.

J. R. la levantó de la cama y una vez la tuvo cara a cara, se hundió en ella. Después de un par de embestidas, se quedó dentro de ella.

–J. R., por favor –protestó ella cuando se detuvo.

–Quiero sentirte unos segundos –dijo acariciándole el vientre.

Era un placer sentir las caricias de aquella manos callosas.

–Qué suave –murmuró él.

Antes de que Thalia pudiera decir nada, volvió a embestirla y a acariciarle le pezón. Lo único que podía hacer era aferrarse a su muslo y echarse hacia atrás para que la besara mientras se hundía en ella una y otra vez.

Le lamió el cuello y el hombro, frotándole la piel con su barba. Ella levantó la mano y hundió los dedos en su pelo, sujetándole la cara contra su cuello.

J. R. la mordió, haciéndola gemir. Thalia llegó al éxtasis. Su cuerpo se tensó alrededor de él, dejándose llevar por el placer. Él dejó de moverse y se concentró en acariciarla. No podía dejar de sonreír como una tonta y se preguntó si volvería a ser la misma otra vez.

Se colocó sobre ella, la tomó por las caderas y se hundió más profundamente. Le estaba dando todo. Thalia tuvo que sujetarse al colchón para no caerse. Había algo feroz en aquel encuentro. Nada ni nadie podría compararse a aquel cowboy.

Con un gemido que le salió del fondo del pecho, la embistió una última vez y se paró. Un delicioso orgasmo hizo estallar a Thalia, consciente de que le había dado tanto placer como él a ella.

Ni siquiera en sus fantasías más salvajes se había imaginado que el sexo con James Robert Bradley sería así.

–Te he dejado una marca –dijo él acariciándole el hombro–. Lo siento.

Ella rodó sobre el costado y lo rodeó con sus brazos. Él se colocó de espaldas y la atrajo hacia él.

–No lo sientas.

¿Cómo decirle que ya la había dejado marcada antes de que se conocieran?

¿Qué sería lo siguiente? ¿La ignoraría cuando dejaran su cama? ¿Cómo la trataría cuando se vieran en la cocina por la mañana?

–¿Y ahora qué? –preguntó ella.

–Bueno –dijo él y bostezó–. Voy a seguir durmiendo.

Thalia sintió que el corazón se le encogía al oír aquello. Tal vez se había hecho ilusiones de que sentía algo por ella.

Entonces la rodeó con sus brazos.

–Pero quiero seguir abrazándote –añadió y volvió a bostezar–. Buenas noches, Thalia.

Thalia se relajó en el calor de su abrazo.

–Buenas noches, J. R.

Estaba segura de que se había dado cuenta de que era una mujer de verdad.

Capítulo Siete

Cuando J. R. abrió los ojos vio que había claridad. Seguía teniendo la punta de la nariz fría, lo cual significaba que Hoss no había conseguido hacer funcionar los generadores. No tenía ni idea de qué hora era. Lo único que sabía era que no había dormido hasta tan tarde desde la última nevada.

Entonces había estado solo y pasando frío. Esta vez estaba contento y caliente, a excepción de la punta de su nariz. Parecía irreal. El olor a sexo que parecía haber impregnado las sábanas era inusual.

Suspiró y se estiró sin molestar a Thalia. Tenía el brazo bajo su cabeza y estaba boca arriba, con el pelo revuelto. Tenía el aspecto de una mujer satisfecha en la cama. Nunca la había visto tan guapa.

Le habría gustado quedarse en la cama, pero empezaba a tener aquella incómoda sensación que lo embargaba cuando dormía hasta pasadas las seis de la mañana. La vida en el rancho suponía acostarse pronto y levantarse temprano. En su segundo verano allí, se había acostumbrado a levantarse a las tres y media de la madrugada para ocuparse del ganado y evitar el calor. Dormir hasta tarde no era su estilo.

En parte, deseaba despertarla con un beso, pero

su lado más racional sabía que no podía retrasar el comienzo del día. Tenía que ir al establo, echar gasolina en el generador e ir a ver a sus caballos. Intentaría ir a los pastos en la moto de nieve para comprobar el estado del ganado. Le gustaban ese tipo de cosas. Era completamente diferente a la vida que había llevado en Hollywood, en donde trabajaba y trabajaba, pero nunca tenía la sensación de haber hecho algo. Al menos, nada de valor.

Así que iba a tener que esperar hasta la noche. Tendría que soportar doce horas. ¿Podría hacerlo?

Sí, pensó mientras le apartaba un mechón de pelo de la mejilla a Thalia. Sus párpados se movieron y se giró hacia él.

–¿Es hora de levantarse?

–Sí.

Una parte de él ya estaba levantada, pero iba a tener que mostrar la contención que lo había abandonado la noche anterior. No había pretendido acabar en su cama, entre sus brazos. Todavía no estaba seguro de que no estuviera usando el sexo para conseguir que aceptara el papel.

Con los ojos todavía cerrados, Thalia sonrió y le acarició la mejilla. Estaba empezando a gustarle su barba.

–Cinco minutos más.

–¿Qué te parece si te traigo un café? Vuelvo en cinco minutos –prometió y le dio un beso con el que anunció sus planes para por la noche.

–Umm.

J. R. se las arregló para apartarse de su cuerpo y

de las sábanas. Apenas quedaban unas ascuas en la chimenea, así que se puso el albornoz y metió unos leños en las brasas.

–Enseguida vuelvo –dijo como si temiera que se fuera en el tiempo que tardaba en bajar y subir.

–Eso espero –dijo ella al verlo salir por la puerta.

J. R. no pudo dejar de sonreír en todo el camino. Durante mucho tiempo, las mujeres se habían ido a la cama con James Robert y no habían querido despertarse con J. R.

Excepto Thalia. Ella era diferente. Aunque lo sabía todo de James Robert, parecía desear a J. R.

Parecía que le gustaba, especialmente su barba.

Concentrado en sus pensamientos, entró en la cocina. Minnie estaba friendo huevos y beicon. El olor a panecillos hizo que le rugiera el estómago. Miró hacia donde estaba Hoss envuelto en la manta de búfalo. No parecía haberse movido desde la noche anterior.

–Buenos días, Minnie. ¿Qué hora es?

–Casi las diez de la mañana. El café está listo –dijo sacudiéndose la harina de las manos antes de señalar las dos tazas térmicas que había en la encimera.

–Le llevaré a Thalia la suya –dijo tratando de mostrarse indiferente.

De pronto se puso nervioso, no se había parado a pensar en lo que Minnie y Hoss dirían o en cómo se comportarían ante la nueva situación.

Minnie se acercó a él y le tocó en el brazo.

–J. R. –dijo.

Había preocupación en sus ojos y parecía estarle preguntando si estaba bien.

Después de todo el tiempo que había pasado, le seguía gustando que Minnie se preocupara por él. Recordaba la primera vez que la había visto. Hoss lo había llevado a su casa después de un día de rodaje, con la excusa de que no podía seguir alimentándose de cerveza y cacahuetes. En cuanto Hoss detuvo la camioneta ante la caravana en la que vivía a una hora del plató, se había mentalizado para sufrir un interrogatorio. Era lo que siempre pasaba. Pero desde que Minnie había salido de la caravana con una sonrisa en los labios, había sentido que no era como su madre ni como las mujeres que se le arrojaban a los brazos. El problema había sido que no había sabido cómo comportarse con una mujer como Minnie Caballo Rojo.

Por suerte, se lo había puesto fácil.

–Dios mío, mírate. ¿Cuándo fue la última vez que comiste? –fueron sus primera palabras–. Ven, pasa.

La casa era pequeña y decadente, la comida sencilla. Pero Minnie y Hoss le habían abierto sus puertas y le habían ofrecido su mesa, y por primera vez en su vida, le habían hecho sentirse una persona normal. Apenas había vuelto a Hollywood después de terminar el rodaje. Minnie había sido la que le había convencido de que cumpliera con sus obligaciones, pero le había dejado claro que sería bienvenido en su casa cuando quisiera.

Había tenido que pasar año y medio, además de

la muerte de su madre, para que pudiera desvincularse de su carrera de actor. Tal vez nunca lo habría conseguido si no hubiera sido por aquellos momentos de normalidad en casa de Minnie y Hoss.

Les debía todo. Solo esperaba que, ofreciéndoles un hogar y tratándolos como si fueran su familia, les estuviera correspondiendo.

–Te preocupas demasiado, ¿sabes? –dijo sonriendo J. R. y le apretó la mano.

Los ojos de Minnie se llenaron de lágrimas. Rápidamente se dio la vuelta antes de que aquellas lágrimas le empezaran a rodar. Antes de que pudiera darse cuenta, había vuelto a tomar la cuchara de madera y estaba agitándola en el aire, cerca de él.

–¿Ves? Te dije que esa mujer no era un peligro.

–Tú y tu intuición india teníais razón –dijo J. R. sirviendo el café en las tazas–. ¿Ese hervidor de agua es para nosotros?

–Sí, si puedes con él.

J. R. tomó el hervidor y las tazas y subió.

Thalia estaba sentada en la cama, con las sábanas hasta la barbilla.

–Me has traído café.

–Y agua caliente. Te dejaré un poco en el lavabo antes de volver a mi habitación.

–Gracias.

–He estado pensando que sería mejor que te quedaras en mi habitación esta noche –dijo dirigiéndose al baño como si tal cosa–. Así gastaremos menos leña.

Era una manera disimulada de pedirle que durmiera con él en su cama. El sexo había sido fantástico y quería volver a despertarse con ella entre los brazos.

La deseaba, así de simple.

–Bueno –dijo levantando la voz, mientras él le llenaba el lavabo de agua–. No me gustaría que tuvieras que volver a levantarte para comprobar cómo está el fuego.

–Exacto –dijo él mirando su reflejo en el espejo.

¿Cuánto tiempo más la retendría allí la nieve? Una semana, quizá más. No sería demasiado, pero disfrutaría del tiempo que tuviera.

Cuando volvió a la habitación, se alegró de ver que estaba sonriente. Era una sonrisa sincera, no una de las que fingían los actores para evitar las arrugas.

–Minnie está preparando el desayuno. Luego, Hoss y yo vamos a intentar llegar a los establos. Si conseguimos traer gasolina, podremos encender el generador.

Ella asintió, dando un sorbo a su café.

–Suena divertido –bromeó ella.

–No, lo divertido es limpiar las cuadras a bajo cero.

–Puedo ayudar.

–¿A limpiar cuadras?

–Mi abuelo me hacía limpiarlas a cambio de dejarme montar –contestó ella–. No me importa.

J. R. intentó disimular su asombro. Estaba llena de sorpresas. ¿Cuántas mujeres de Hollywood se ofrecerían a limpiar estiércol en medio de una nevada? Tal vez solo una.

–Le pediremos a Minnie que te deje algo de ropa para eso.

–¡Estupendo!

Diez minutos más tarde, J. R. seguía sonriendo mientras esperaba en el pasillo a que Thalia saliera de su habitación. Se había lavado y se había abrigado bien, y estaba apurando lo que le quedaba de café.

Después de unos minutos, salió con la taza en la mano.

–¿Listo? –le preguntó ofreciéndole la mano como si fuera la cosa más natural del mundo.

–Listo.

Sí, estaba listo para enfrentarse a Hoss, a la nieve y a cualquier otra cosa teniéndola a su lado.

Cuando llegaron abajo, Hoss estaba junto a la chimenea, estirándose.

–Buenos días a los dos –dijo sin mirarlos.

–Buenos días –respondió Thalia.

–Thalia va a pasar la noche en mi habitación.

Ella lo miró asombrada. Quizá no era la manera más adecuada de anunciarlo, pero si algo había aprendido en la última década era a ser muy directo. Era lo mejor para todos.

Minnie y Hoss se quedaron callados y Thalia le apretó la mano.

–Eso está bien –dijo Minnie.

–Así usaréis menos leña, ¿no? –añadió Hoss.

–Sí. Thalia va a ayudarnos en los establos, así que Minnie, si puedes ayudarla a prepararse después del desayuno, sería estupendo.

Minnie y Hoss intercambiaron una mirada que J. R. no entendió. Era extraño después de llevar viviendo con ellos tanto tiempo. Sería mejor dejarlo pasar. Después de todo, era la hora de desayunar y tenía hambre.

Minnie sirvió la comida y todos se dispusieron a desayunar. Minnie y Thalia hablaron de la ropa que iba a tener que ponerse, mientras que Hoss y J. R. discutían el plan de ataque.

–Si puedes ir a por los bidones de gasolina, Thalia me ayudará en los establos.

–Si consigo que el generador funcione y vosotros os ocupáis de los establos, luego podemos ir tú y yo en las motos de nieve a ver cómo está el ganado.

–Perfecto.

La prioridad era que el generador funcionara. Así tendrían calefacción y agua caliente.

Después de desayunar, Minnie se llevó a Thalia arriba mientras Hoss y J. R. se preparaban en el zaguán. J. R. estaba esperando que Hoss dijera algo.

–¿Crees que será útil en el establo?

J. R. recordó la seriedad con la que se había ofrecido para ayudar. Sinceramente, no estaba seguro de que pudiera arreglárselas en la nieve, mucho menos en un establo.

–No seré yo el que le quite la idea de hacer algo.

–Eso es probablemente lo más sensato –dijo Hoss–. No creo que haga caso cuando alguien le dice que no haga algo.

–Tienes razón –dijo agarrándose al hombro de Hoss.

***

Thalia estaba en el garaje. Minnie no había exagerado al decir que estaba lleno de leña. Tenían suficiente como para calentar la casa al menos un mes.

–Quieta –dijo J. R. arrodillándose junto a ella.

Thalia se apoyó en el todoterreno de Minnie para mantener el equilibrio, mientras J. R. le ponía las raquetas en las botas. Con toda la ropa que llevaba puesta, apenas podía bajar los brazos.

–Hay una cuerda desde la casa al establo –dijo Hoss, mientras J. R. seguía afanado en lo que estaba haciendo–. No la sueltes.

–Muy bien, me agarraré a la cuerda.

–Ya está –dijo J. R. poniéndose de pie–. ¿Lista?

Thalia asintió, pero ya no estaba tan segura. En el momento le había parecido divertido ofrecerse para ayudar en el establo, pero eso había sido antes de que estuviera equipada como para subir el Mont Blanc.

–Vamos.

Desde la puerta que daba a la cocina, Minnie abrió la puerta del garaje.

La pared de nieve al otro lado era impresionante.

–¿Cuánto ha nevado? –preguntó Thalia.

–Algo más de medio metro –contestó J. R.–. Una vez estemos en el otro lado…

Hoss se había puesto a quitar la nieve con una

pala. Al cabo de unos momentos, Thalia vio el otro lado. Todo estaba cubierto de una manta blanca.

J. R. ayudó a Hoss a pasar entre la nieve. Luego se giró hacia Thalia.

–Tu turno.

Le pareció advertir un tono jocoso en su voz. ¿Acaso pensaba que estaba asustada? Se cuadró de hombros y se acercó a él. Apenas podía ver su cara porque llevaba una máscara y unas gafas, pero estaba segura de que estaba sonriendo.

–Estoy lista –dijo confiando en que su voz sonara más segura de lo que se sentía.

J. R. asintió y luego la ayudó a pasar por donde Hoss había abierto una senda en mitad de la nieve. Una de sus raquetas se quedó encajada y perdió el equilibrio.

–Ten cuidado –dijo Hoss sujetándola por el brazo y ayudándola a enderezarse.

Hoss la acompañó hasta la cuerda y esperó a que le diera un par de vueltas en su brazo antes de volver junto a J. R. para ayudarlo.

Por primera vez no estaba pasando frío. Las muchas capas de ropa que llevaba le conferían una nueva e interesante experiencia y solo sentía el viento en la cara.

J. R. se puso delante de ella y Hoss detrás. Lentamente se dirigieron al mayor de los establos. Para ser su primera vez sobre raquetas, no lo estaba haciendo nada mal.

Llegaron al establo y J. R. la ayudó a quitarse las raquetas.

–Espera aquí mientras buscamos la gasolina.

Thalia asintió y miró a su alrededor. El establo era enorme. Desde donde estaba veía una pista a su izquierda. Frente a ella había una hilera de cuadras, unas veinte. ¿Tendrían tantos caballos?

El olor le trajo recuerdos de los veranos que pasó durante su infancia en la granja de su abuelo.

De repente, echó de menos su hogar, pero no Hollywood, sino Oklahoma. Había estado tan ocupada trabajando que no había encontrado tiempo para ir a ver a su madre o visitar la tumba de su padre y de su abuelo. Quizá la razón por la que no había vuelto a casa había sido porque quería hacerlo cuando fuera tan famosa como su madre pensaba que era.

Thalia se acercó a la primera cuadra. Se quedó sorprendida al verla vacía. Las siguientes cuatro también estaban vacías, lo que le produjo una sensación de intranquilidad. En alguna parte tenía que haber caballos, ¿no?

En la quinta cuadra había uno y por el ruido, tenía que haber más en los siguientes.

–Hola, pequeño –murmuró y le ofreció su mano para que la oliera–. ¿Cómo te llamas?

–Coot –dijo una voz a su espalda.

Thalia se giró y vio a J. R. allí de pie, con las piernas ligeramente separadas como si fuera el dueño de todo lo que había en esos dominios.

Mentiría si dijese que no se alegraba de verlo. Se había quitado la máscara y la capucha, dejando ver su rostro.

–Está retirado –añadió J. R., acercándose para acariciarlo–. Dábamos largos paseos juntos, ¿verdad, Coot?

–¿Y sigues teniéndolo aquí?

Cuando su abuelo retiraba algún caballo, siempre lo mandaba a otra granja.

–Hemos compartido mucho –contestó J. R. acariciando al caballo detrás de la oreja–. Fue el primer caballo que compré. Me gusta saber que está aquí y que se le cuida –dijo y se giró hacia ella–. Suena estúpido, ¿verdad?

–No.

No quería avergonzarlo diciéndole que era un acto noble, considerado y conmovedor, así que acarició el hocico de Coot y cambió de tema.

–Hay muchas cuadras vacías. ¿Dónde están los caballos?

–Aquí solo tenemos siete. El resto son para los temporeros que contratamos en verano –dijo abriendo la puerta de Coot y poniéndole el ronzal–. Suelo dejarlos correr para que liberen energía después de una tormenta. ¿Puedes abrir la cancela?

–Claro –dijo y caminando junto a Coot, les abrió la cancela.

J. R. condujo a Coot al centro de la pista antes de quitarle el ronzal. El viejo caballo se quedó quieto, oliendo a J. R. mientas le acariciaba el cuello.

Aquello resumía lo que convertía a J. R. en un buen hombre, un hombre mejor de lo que hubiera llegado a ser James Robert. El modo en que atendía a su caballo era muestra de lo leal y sincero que era.

El corazón a Thalia se le encogió viéndolos. Aunque se mostrara como un cowboy duro, se le puso una enorme sonrisa al acariciar a su caballo favorito, así era él de verdad.

J. R. hizo trotar a Coot y luego salieron de la pista por una puerta diferente. Volvió a aparecer con un par de balas de heno, una en cada mano. Thalia se imaginó todos aquellos músculos bajo su ropa.

Se le estaba olvidando su fascinación por James Robert. J. R. era mucho mejor que en sus fantasías.

–Enseguida les pondremos grano en los pesebres.

Coot hundió el hocico en la primera bala de heno.

A continuación, J. R. trajo a Whipper, una joven yegua que se interesó más por el heno que estaba comiendo Coot que por la extraña que estaba allí. Después vinieron Rabbit, el caballo de Hoss, Mac, Gater y Yoda, un ejemplar de enormes orejas.

Llegó el turno para el último caballo. J. R. dudó al llegar a su cuadra y en cuanto Thalia vio al caballo supo por qué. Lo había visto antes, montándolo por los campos helados.

–Este es Óscar –dijo él y se ruborizó–. Es mi caballo.

–Escucha –dijo Thalia y acercó su cara a la de él–. No tienes que avergonzarte conmigo.

Ella rozó sus labios, pero él no le devolvió el beso.

–Thalia –dijo apoyando la frente en la de ella y rodeándola por la cintura para atraerla hacia él–. Sobre lo que dije antes…

–¿Sí?

Ya se había disculpado por preguntar si Levinson la había mandado que lo sedujera. ¿Qué sería ahora?

–Tú… –dijo y se aclaró la voz–. No me agrada la razón por la que estás aquí. Pero me gusta que estés aquí. Para un hombre como yo, eso es algo a lo que resulta difícil acostumbrarse.

Thalia soltó el aire, tratando de evitar que las rodillas le temblaran. Aquello era lo más dulce que un hombre le había dicho y no tenía ninguna duda de que hablaba en serio.

Lo besó. Al principio, aquel beso a la luz del día y con una público equino le había resultado raro, pero entonces sintió que se relajaba al sentir su lengua en los labios. El calor estaba allí, a pesar de que hacía frío en el establo y de que no había manera de moverse con tanta ropa. Ella rompió el beso y lo abrazó.

–¿Esta noche?

–Sí –contestó él.

Continuaron trabajando en silencio y Thalia se dio cuenta de que de vez en cuando la miraba. ¿Estaría esperando ver alguna reacción?

–¿Sabes? Creo que trato con menos porquería aquí que en un día normal en Hollywood.

–No lo dudo, pero a ver si me dices lo mismo dentro de unos días.

–¿Cuánto tiempo crees que pasaremos aquí?

–Tenemos una excavadora. A Hoss le gusta usarla. Tardará una o dos semanas en limpiar el camino hasta llegar a la carretera –dijo y la miró serio–. Conseguiremos que llegues a casa de una forma u otra.

Lo que iba a ser una lástima cuando pasara. Volvería a casa, Levinson la despediría, se vería obligada a buscar otro trabajo y perdería su apartamento. Prefería quedarse allí, donde todo era más auténtico.

Thalia se perdió en sus pensamientos mientras limpiaban el establo. No lo sabía todo de ella. J. R. le había dejado bien claro que no soportaba a Levinson, su jefe. ¿Cómo reaccionaría cuando supiera que había tenido una aventura con el hombre al que más detestaba?

Seguramente mal. Pero no tenía que enterarse. Disfrutarían del poco tiempo que pasaran juntos y entonces se iría, y no tendría que soportar su mirada de decepción. No, eso no era mentir. Ninguno de los dos había hablado de sus amantes. No había sitio para Levinson en aquella... No sabía si considerarlo una relación. Esa era una palabra...

Cuando J. R. vació la última carretilla, Thalia se apoyó en la cancela y se quedó viendo los caballos trotar.

Hacía años que no se subía a un caballo, pero de niña le encantaba montar. Se estaba perdiendo los paseos a caballo y no sabía si alguna vez volvería allí.. Aquel pensamiento la dejó taciturna.

–Le gustas –dijo J. R., mientras avanzaba por el pasillo tirando de una bolsa de grano.

–Estaba pensando en que hace mucho tiempo

que no monto a caballo –dijo poniéndose de puntillas para acariciar a Coot.

–¿Cuánto?

–Mi abuelo murió en mi primer año de instituto. Mi madre intentó ocuparse de la granja familiar, pero...

Había sido lo más duro que había visto hacer a su madre. Aquella granja siempre había sido de su familia. El día de la subasta, su madre se había dormido llorando.

–Después de perderla, sentí como si... Como si hubiera perdido una parte de mi familia.

–¿Tu madre sigue en Oklahoma? –preguntó J. R., asomándose desde la cuadra en la que estaba.

–Sí. Mi padre murió hace mucho tiempo, pero lleva una vida agradable. Se enfadó mucho cuando dejé la universidad para irme a Hollywood. Iba a ser la primera de mi familia en obtener un título universitario. Trabaja en la biblioteca y tiene un grupo de amigas con el que come de vez en cuando.

–¿Te quiere?

–Sí, mucho.

Quería decirle que a su madre le hubiera encantado conocerlo, pero eso hubiera implicado reconocer que lo que había entre ellos solo duraría hasta que se derritiera la nieve. Por mucho que le gustara pasar el día con los caballos y las noches en su cama, no podía olvidar que aquello era algo temporal y que, antes o después, la nieve se derretiría.

Así que acarició a Coot y tomó la cuerda para empezar a llevar a los caballos de vuelta a sus cuadras. J. R. y ella volvieron a ponerse las gafas y las raquetas, y él la ayudó a subirse al banco de nieve. Al llegar al garaje, pensó que se le había dado mejor el camino de vuelta que el de ida y esperaba que J. R. se hubiera dado cuenta.

–Escucha –dijo J. R. sonriente, después de que se quitaran las raquetas.

Thalia ladeó la cabeza. Al principio no oía nada, pero después escuchó el sonido de un motor en marcha.

–¿Hoss ha arreglado el motor?

–Sí.

La tomó de la mano y la llevó al zaguán. El sonido de una radio salía de la cocina y Minnie estaba cantando.

–Gracias a Dios.

Una ducha caliente le vendría bien, sobre todo si iba a pasar la noche con J. R. Lo miró sonriente y él le apretó una mano. Era un gesto pequeño aunque, teniendo en cuenta que Minnie estaba cerca, era casi la demostración pública de que estaban juntos.

Se sintió como una adolescente. ¿Qué pasaría si los pillaran besándose?

Capítulo Ocho

Pusieron las motos de nieve en marcha y fue imposible hablar mientras recorrían las praderas irreconocibles. En algunos sitios, la nieve superaba sus cabezas. El camino era traicionero y J. R. tuvo que poner toda su atención. Ni siquiera pudieron llegar a los pastos del norte. Tendrían que pasar unos cuantos días más antes de que pudieran llevar paja a los animales.

Cuando volvieron al establo, Hoss no dijo nada que no tuviera que ver con vacas, caballos o comida. Se mostraba reservado y estaba poniendo a J. R. nervioso.

–¿De verdad ha limpiado el establo? –preguntó Hoss.

–Sí.

Le había resultado tan sorprendente a J. R. como a Hoss.

–Nunca hubiera adivinado que lo haría.

–Ni yo –convino J. R.

No sabía si se estaba refiriendo a limpiar cuadras o a que J. R. se la hubiera llevado a la cama.

Quizá a ambas cosas puesto que hacía mucho tiempo que no se acostaba con nadie.

En la última década había sido muy difícil salir

con alguien. Perdía mucho tiempo averiguando cuánto sabía su cita de James Robert Bradley y cómo reaccionaría cuando supiera que eran la misma persona. Cada paso tenía que ser calculado para evaluar los posibles riesgos, lo que dificultaba el cortejo. Pero Thalia lo sabía todo de James Robert y no parecía importarle. Al menos, no era lo único que le importaba. No tenía que ocultar aquella época de su vida y por eso le gustaba estar con ella.

Con la excusa de que tenía frío, convenció a Hoss para dejar el establo. Las nubes en el cielo gris anunciaban más nieve. En circunstancias normales, J. R. estaría maldiciendo, pero en este caso no. Unos cuantos centímetros de nieve suponía unos días más con Thalia. Hacía mucho tiempo que no recordaba desear algo con tanta intensidad.

Cuando Hoss y él entraron en la casa, Thalia se había cambiado. Se había duchado y llevaba el pelo suelto. La casa parecía estar más caliente, aunque tal vez fuera su temperatura corporal.

Al verlo, sus ojos se iluminaron tanto que al instante se sintió excitado.

–¿Cómo ha ido?

–Mal –dijo, aunque pensaba todo lo contrario.

Todavía no habían limpiado la nieve de los cuarenta kilómetros que separaban la casa de la carretera. La consecuencia era que Thalia sería suya. Con un poco de suerte, no se iría hasta pasado San Valentín, para lo que faltaban todavía unas semanas.

Se acercó a ella y Hoss y Minnie se esforzaron en

mirar sin ver cómo tomaba a Thalia entre sus brazos y la besaba... en la frente. Besar a Thalia delante de Minnie era como hacerlo delante de su madre. Era una sensación extraña.

–¿Has pasado buena tarde? –preguntó tratando de disimular su azoramiento.

Thalia se sonrojó.

–Minnie ha conseguido conectar con el satélite y he podido enviar un correo electrónico a mi madre.

–Bien.

A J. R. le asustaba mirar a Minnie, pero no sabía muy bien por qué. Ni que fuera a mandarle a su habitación.

–¿Y al trabajo?

¿Qué le había dicho a Levinson?

Ella sonrió con timidez.

–Les he dicho que estaba atrapada en Billings.

Deseaba abrazarla, lo que hubiera dado lugar a una situación más embarazosa. Pero como en otras ocasiones, Minnie lo salvó.

–Chicos, id a lavaros antes de sentaros. Venga.

Thalia no pudo ocultar la risa y lo empujó hacia la escalera.

–Minnie tiene razón.

–Es extraño, ¿sabes? –dijo Hoss mientras subían la escalera.

J. R. tragó saliva, temiendo que su amigo hiciera algún comentario sobre Thalia.

–¿A qué te refieres?

–A verte sonreír –dijo Hoss completamente serio.

Aquel comentario era tan inesperado, que J. R. no sabía qué hacer.

–No sabía que tuvieras tantos dientes –añadió Hoss, cubriéndose los ojos con la mano–. Escóndelos antes de que me dejes ciego.

Sonriendo, se fue sin esperar a que J. R. contestara.

J. R. se tomó su tiempo para lavarse. La bolsa de viaje de Thalia estaba a los pies de su cama, lo que prometía otra noche entre sus brazos. A punto estuvo de afeitarse, pero algo le dijo que no debía hacerlo porque había sido el motivo de los gemidos de Thalia la noche anterior.

Todavía faltaba la cena, lo que significaba que tendría que esperar par de horas más. Confiaba en poder soportarlo.

La noche avanzó a buen ritmo. Thalia y Minnie hablaron de los actores de las series de televisión y, aunque le preguntaron su opinión sobre algunos de ellos, Thalia tenía información más reciente.

–J. R., ¿por qué no le enseñas a Thalia el resto de la casa? Va a pensar que no salimos de la cocina.

–¿Y yo qué? –preguntó Hoss.

–Puedes ayudarme con los platos –contestó Minnie, antes de hacerle una señal a J. R. para que se fuera.

–Vamos –dijo J. R. tomando la mano de Thalia para llevarla al pasillo que dividía la casa en dos–. Este es el comedor.

–Vaya mesa grande –comentó Thalia al reparar en que había sitio para catorce personas.

–La usamos en verano, cuando contratamos temporeros.

–Son muchos empelados.

–Seis hombres se quedan en la casa durante todo el verano y los demás son vecinos de la zona que van y vienen en el día. Los pago bien, pero creo que vienen por la comida de Minnie. Más de uno le ha hecho proposiciones.

–¿Así que para conquistar el corazón de un cowboy hay que conquistar primero su estómago?

Thalia sonrió. Luego se puso de puntillas y le dio un beso inocente en los labios.

Trató de atraerla hacia él, pero ella se apartó.

–Deberías estar enseñándome el resto de la casa –dijo bromeando.

Le gustaba aquella sonrisa y sobre todo, ser él el que se la sacaba. Continuaron hacia el vestíbulo y esta vez no dejó de tomarla por la cintura. Quería tenerla cerca mientras pudiera.

Pasaron delante de la escalera principal y se detuvieron en una gran habitación al otro lado de la casa.

–Este es el salón.

Había una gran televisión frente a la pared de la chimenea. En un rincón había una mesa de billar y Minnie tenía butacas de piel por todas partes.

Thalia se apoyó en él y le acarició la barba, antes de atraerlo hacia su cuello.

–Ya entiendo. Esta habitación también la usáis más en verano, ¿no?

Era una pregunta de cortesía, pero el modo en

que sus caderas buscaron su bragueta no era de cortesía.

–Sí.

–¿Qué hay ahí? –preguntó ella, apartándose con reticencia.

–El despacho.

Lentamente, se movieron entre los sillones y salieron al pasillo sin apartar las manos el uno del otro. J. R. no recordaba haber deseado tanto a una mujer, ni que una mujer lo hubiera deseado tanto. A James Robert, sí. Muchas mujeres habían querido acostarse con él, pero nunca había sentido esa clase de deseo.

La hizo girarse y la acorraló contra su mesa. O quizá fuera la mesa de Hoss. Daba igual, era una mesa y estaba apoyada en ella.

El peso de sus pechos descansó en él y J. R. los tomó entre sus manos, sintiendo sus pezones erectos bajo la ropa.

–J. R. –gimió a la vez que acercaba las caderas al centro de sus vaqueros.

Luego, devoró su boca. Era uno de aquellos besos que obligaban a olvidarse de todo lo que no fuera aquella mujer. Había tanta presión bajo sus vaqueros, que temía romper la bragueta.

–Sí, este es el despacho.

–Muy bonito –dijo ella, tomándolo de la cintura.

–Y esto es el piso de abajo.

–No he visto todo el piso de arriba –dijo con picardía–. No conozco tu habitación. Minnie trasladó mis cosas.

–Entonces, debería enseñártelo.

Era imposible separarse de ella para salir de allí, así que se obligó a dar un paso atrás.

–Vayamos por la escalera principal.

No quería encontrarse con Minnie y que Thalia se detuviera a contarle lo mucho que le gustaba la casa.

Llegaron a la escalera y J. R. dejó que subiera delante de él por una razón interesada: mirarle el trasero. A pesar de que intentaba mostrarse serio y responsable, no podía apartar las manos de sus vaqueros. Ella rio, lo que interpretó como una buena señal.

No dejó de tocarla por el pasillo. No dejó de acariciarle el trasero y las caderas, y de deslizar los dedos por la cinturilla. Quería sentir aquella piel que apenas había tocado la noche anterior.

Llegaron a su puerta y se dieron un batacazo. Seguía detrás de ella y se detuvo un momento para acariciar la parte frontal de sus vaqueros. Con una mano allí, otra en su pecho, la boca en su cuello... si no se quitaba toda aquella ropa pronto, la tomaría allí mismo y la haría disfrutar.

Buscó el pomo de la puerta y entraron en la habitación. El débil fuego de la chimenea apenas calentaba, pero no hacía tanto frío como la noche anterior. Se las arregló para cerrar la puerta a la vez que le sacaba el jersey por la cabeza.

Se llevó un chasco al ver que llevaba una camiseta blanca. Enseguida se la quitó, dejando a la vista sus pechos, apenas contenidos por el encaje negro.

–Vaya –dijo J. R. incapaz de estarse quieto.

Thalia dejó escapar otro gemido. Él tomó su boca y enseguida volvieron a ponerse en movimiento. La empujó hacia la cama mientras ella peleaba con los botones de su bragueta. Trató de desabrocharle el sujetador, pero había perdido la práctica. Tuvo que intentarlo tres veces antes de conseguirlo.

Llegaron a la cama y de la maraña de brazos y piernas salía ropa volando. Quería tomárselo con calma y disfrutar de su cuerpo, demostrarle lo especial que era y cómo le hacía sentir, pero no pudo. Era físicamente imposible tranquilizarse mientras ella le estaba quitando los vaqueros y los calzoncillos y empezaba a acariciarlo, arqueando la espalda mientras le chupaba un pecho. No podía esperar. Tenía que hacerla suya enseguida.

Con un pie enredado en los vaqueros, J. R. le hizo rodearle la cintura con las piernas.

–Sí –dijo ella, acariciándole el pecho mientras se colocaba.

Entonces, la embistió un par de veces antes de hundirse en ella y sintió que se estremecía. Thalia movió las manos, acariciándole la cara, los pezones, recorriendo su espalda con las uñas... J. R. solo era capaz de gemir.

–Sí, sí –repetía ella.

Era a él a quien deseaba y no a James Robert.

–¡J. R.! –exclamó de pronto y se aferró a sus caderas para sentirlo más profundamente.

Entonces no pudo seguir controlándose.

Con una última embestida, llegó al clímax mientras los espasmos la sacudían. La sensación fue tan intensa que perdió el equilibrio y tuvo que dejarse caer sobre ella.

Thalia lo sujetó. Le abrazó con fuerza, apretándolo contra su pecho, y sintió que sus latidos se tranquilizaban.

Se las arregló para apoyarse en un brazo. No quería hacerle daño. Aquel era momento de confidencias, algo que había hecho en el pasado y que era capaz de volver a hacer de nuevo.

Pero al mirarla a los ojos, tuvo la sensación de perderse y encontrarse en ellos.

Ella sonrió.

–Bueno, así que esta es la habitación.

–Sí, y la cama.

–Me gustan –dijo ella y lo besó.

Ya no era tan joven, pero esperaba tener fuerzas suficientes para repetir más tarde.

–Enseguida vuelvo –dijo y se fue al baño.

Cunado volvió, la encontró envuelta en una manta.

–¿Tienes frío?

–Un poco.

Necesitaba calentar la habitación para que no se ocultara bajo una manta.

–Encenderé el fuego.

Cuando Thalia cerró la puerta del baño, se puso los calzoncillos y se ocupó del fuego. Al volver, había unas llamas considerables.

Todavía envuelta en la manta, se acercó a él y apoyó la cabeza en su brazo. J. R. la rodeó y permanecieron así unos minutos. Sabía que estaba mirando el Óscar y las fotos de la pared, pero no le parecía peligroso como le había parecido con Donna.

–¿Le echas de menos?

–¿A quién? –preguntó J. R.

–A él –contestó y se puso de pie para acariciar una foto de James Robert posando con Brad Pitt–. ¿No echas de menos ser James Robert?

J. R. respiró hondo. Si hubiera sido otra persona, se habría puesto a la defensiva. Habría dicho que odiaba aquella vida y que disfrutaba mucho con la que llevaba. Pero a ella no tenía que mentirle.

–A veces. Me levanto a las tres y media de la madrugada en verano para ocuparme del ganado. Todo el mundo tiene días malos y los míos, son por mi culpa –dijo recordando el desastre que había provocado en el bar de Denny–. Y también echo de menos los días soleados.

–Ahora que lo dices, es mi primera nevada.

–Cuando quieras volver a disfrutar de la nieve, avísame.

No quería que lo que tenían terminara nunca.

La sonrisa de Thalia había desaparecido y parecía triste. No estaba seguro de por qué y le daba miedo averiguarlo. Tal vez no sintiera lo mismo que él.

–Lo mismo te digo. Si alguna vez quieres ir a la playa, ven a verme –dijo y lo abrazó–. Pero solo tú. No se permiten actores de cine.

Sí, estaba perdido, pero ella lo había encontrado.

***

Los siguientes cinco días fueron los mejores que J. R. recordaba. Se despertaba abrazado a Thalia. Hacían el amor por la mañana y después de desayunar, se iban al establo juntos. Incluso había ensillado al viejo Coot y le dejaba montarlo en la pista.

Después, la llevaba a casa, recogía a Hoss y se iban a poner paja al ganado. Más tarde, volvía a casa y se encontraba con dos mujeres felices y una comida caliente. Un par de noches después de cenar vieron una película mientras comían palomitas. Luego, vuelta a la cama y a sus brazos, a seguir amándola.

No había pensado que Thalia encajaría tan bien en su casa y en su vida, pero así había sido. Minnie estaba encantada de tener a alguien con quien hablar y que le ayudara con las comidas. Hoss no dejaba de bromear sin resultar cargante y J. R...

Bueno, corría el riesgo de enamorarse de Thalia y eso era un problema. Antes o después la nieve se derretiría y volvería a Hollywood, y él se quedaría allí.

Era lo mejor que le había pasado nunca. ¿Cómo iba a dejar que se marchara? Trató de no pensar en ello, convenciéndose de que la nieve la retendría allí.

Pero no era posible. Al quinto día de la nevada, la temperatura subió a tres grados, lo que apenas derritió la nieve. Al día siguiente llegó a doce grados. ¡Doce grados en Montana un veintinueve de enero!

Hoss siguió retirando nieve del camino de entrada, avanzando un poco más cada día. Al tercer día de superar los diez grados, Hoss consiguió llegar a la carretera.

–Está bastante limpio –anunció mientras cenaban–. Seguramente la carretera estará bien hasta Billings.

–No sé si puedo llegar tan lejos en estas condiciones –dijo Thalia–. Hace tiempo que no conduzco con nieve.

–J. R. te llevará y nosotros nos ocuparemos de llevar el coche de alquiler a Billings –dijo Minnie.

J. R. se molestó. ¿Qué pretendían aquellos dos, echar a Thalia?

–Puedes quedarte todo lo que quieras.

Se lo dijo en la cena y más tarde en la cama. Quería que se quedara para siempre, pero le parecía una locura incluso a él.

–Tengo que volver –dijo ella y J. R. la abrazó con fuerza–. Pero no hace falta que lo haga mañana.

–Sí, quédate un día más.

Un día más de felicidad.

Aquel último día juntos fue difícil para Thalia. Sabía que debía disfrutar de cada segundo con J. R., pero la realidad era otra. Al día siguiente volvería a su casa y se vería las caras con Levinson sin el actor que había prometido llevar. No tenía ninguna duda de que la despediría al instante y nunca más volvería a conseguir otro trabajo.

Perder el trabajo no era lo más deprimente. Lo peor era tener que decir adiós a J. R. Contaban con unas horas más de camino a Billings. Luego, ella tomaría su avión y él volvería en su camioneta, y eso sería todo.

O no, pensó esperanzada. Le había dicho que podía volver cuando quisiera y ella lo había invitado a visitarla en California. Tal vez volvieran a verse. Quizá aquello no fuera un final.

No podía dejar la vida que llevaba ni la carrera que se había forjado para irse con un ganadero, aunque ese ganadero fuera J. R. Después de todo, aquello no era una película sino la vida real.

Así que el dos de febrero recogió sus cosas y las bajó a la cocina. J. R. estaba fuera con Hoss. Había estado muy callado toda la noche y la mañana, y Thalia quería despedirse de Minnie a solas. Estaba segura de que habría lágrimas.

–Ya me contarás qué tal va todo –dijo Minnie y abrazó a Thalia.

–Claro. Cuida de J. R. por mí, ¿lo harás?

–Supongo que tendremos unos meses de rabietas después de esto –dijo bromeando.

J. R. y Hoss volvieron dentro.

–Thalia –dijo Hoss ofreciéndole la mano.

–Hoss.

No podía despedirse con una apretón de manos. Aquellas personas eran ahora muy importantes para ella y le dio un abrazo.

–No te olvides de llamarme para ir a ver un casting.

–Por supuesto.

Thalia parpadeó para evitar las lágrimas. Entonces oyó que J. R. bajaba la escalera. Forzó una sonrisa y se giró. Llevaba una bolsa de viaje en una mano, un sombrero en la otra y un portatrajes colgado del hombro.

–Me voy contigo.

–¿Cómo? No puedes.

–No digo que vaya a aceptar el papel, pero iré a ver a Levinson.

–¡Pero si lo odias! Y si la prensa te descubre, no te dejarán en paz.

–No le tengo miedo a él ni a nadie –dijo cuadrándose de hombros–. Me voy contigo.

Lo estaba haciendo por ella. Se estaba arriesgando por ella. Si aceptaba el papel y volvía a la gran pantalla, ella conservaría su empleo. Tal vez incluso se vieran con cierta frecuencia, sobre todo mientras durase el rodaje.

Pero no sería feliz siendo famoso otra vez. Lo sabía y él también.

–No.

Tenía que protegerlo. No podía dejar que abandonara todo por lo que tanto había luchado solo por ella.

La tensión en la habitación se palpaba.

–Me voy contigo y no hay marcha atrás.

–Le pediré a Hoss que me lleve.

–Lo siento, Thalia, tengo trabajo que hacer.

Thalia estaba desesperada. No podía controlar la situación.

–¿Minnie?

–No me gusta conducir con hielo.

J. R. empezó a sonreír, sintiéndose victorioso.

–Me voy.

–Todo cambiará.

Era cierto. Todo sería diferente para él y también para ella.

–Tal vez.

Recogió las bolsas de ella y salió por la puerta.

–Cuídale –dijo Minnie.

–Lo haré.

Era una promesa imposible. Cuidarlo implicaba mantener a salvo su secreto. Pero en Hollywood, ¿cómo iba a cuidarlo?

El camino que Hoss había abierto era muy estrecho y se alegró de no tener que conducir. J. R. permaneció en silencio, aferrado al volante. Todavía tenían un largo camino por delante.

Era consciente de que tenía que hacerle cambiar de opinión. Había pasado una semana y media en la cama de aquel hombre y no debería resultarle tan difícil hablar con él.

–Escucha.

–Sí, lo entiendo. Una mujer guapa e inteligente como tú seguramente tiene a alguien.

Pensaba que le había mentido.

–¿Eso es lo que crees? –preguntó–. J. R., escúchame. Prefiero quedarme contigo a que vengas conmigo. Pero no puedo, y no porque tenga un amante en alguna parte. La única razón por la que quiero convencerte de que no tomes ese avión conmigo es porque sé que no funcionará.

–Tal vez sí.

–No, y no porque no queramos. No funcionará porque antes o después volverás a ser James Robert Bradley y en cuanto eso ocurra, en cuanto dejes de ser J. R., volverás a odiarlo todo. Y si yo soy la razón por la que cambias, entonces me…

No pudo concluir la frase. Odiaba tener que decir aquellas cosas y, por encimad e todo, odiaba tener razón.

Aquel primer día en el porche no le había interesado J. R., sino la publicidad que conseguirían con la vuelta de James Robert Bradley a la gran pantalla.

Todo eso había cambiado. Ahora, el dinero era lo último en lo que pensaba. Lo más importante era aquel hombre.

Incapaz de contener las lágrimas, se giró para mirar por la ventana. Era mejor que su relación acabara antes de que sus vidas terminaran patas arriba. Eso era lo que pasaba muchas veces. La gente se enamoraba locamente en los rodajes y luego todo se terminaba al volver a la vida real.

No quería que eso les pasara a ellos.

El silencio en la cabina de la camioneta era cada vez más tenso. J. R. carraspeó y tardó largos segundos en decir algo.

–¿No sales con nadie?

–No, salir con alguien de la industria cinematográfica es una trampa mortal.

¿Por qué tenía que defenderse? Había sido sincera. Llevaba más de un año sin acostarse con nadie.

Al momento se sintió culpable. No había sido completamente sincera. No le había contado la desastrosa aventura que había tenido con Levinson. No sabía si decírselo o no. ¿Debía contarle con quién se había acostado en el pasado?

Al final decidió que el pasado era solo eso, el pasado.

–No se me da bien pedir perdón –dijo J. R. –. Pero con la práctica se aprende.

Thalia lo miró. Seguía teniendo la mirada fija en la carretera, pero su expresión era relajada. Parecía a punto de sonreír.

No, no se le daba bien pedir perdón, pero estaba dispuesto a intentarlo por ella.

Alargó la mano y le acarició la rodilla. De pronto pillaron un bache y rápidamente volvió a tomar el volante con ambas manos.

–Mira, sé que va a ser difícil, pero eres...

Volvió a aclararse la voz. Thalia dejó de mirarlo para que pudiera decir lo que quería.

–Eres muy importante para mí y haré lo que sea para estar contigo. Es mi decisión y aunque no sea lo mejor, quiero ser yo el que la tome. Ahora mismo quiero estar contigo. Si no sientes lo mismo, lo entenderé.

Su voz era cálida. Thalia se quedó sin respiración.

–¿Estás bien? –le preguntó J. R. acariciándole de nuevo la rodilla.

Tenía que arriesgarse y confiar en él y en sí misma.

–Creo que nunca he estado mejor, J. R.

Capítulo Nueve

Una cosa estaba clara: J. R. ya no estaba acostumbrado a viajar. El viaje en coche hasta Billings no fue mal, pero el vuelo a Denver y luego a Los Ángeles, lo dejó agotado.

Otra cosa que pronto averiguó fue que no estaba preparado para soportar el ambiente húmedo que le golpeó nada más salir del aeropuerto en California. A pesar de estar acostumbrado a lidiar con estiércol a diario, el olor de Los Ángeles le levantaba dolor de cabeza. La multitud de gente era la tercera cosa que no soportaba. Se le había olvidado la gran cantidad de personas que caminaban por Los Ángeles.

Al día siguiente, en lugar de esconderse para evitar ser reconocido, pasó la tarde sentado en una cafetería cerca del apartamento de Thalia leyendo y tomando café, mientras ella estaba trabajando. También observó a la gente. Todo el mundo estaba muy delgado. Las mujeres parecían muñecas de plástico y los hombres iban completamente depilados. J. R. se acarició la barba. Había pocas barbas por allí, lo que hacía que destacara.

Thalia había llamado un par de horas antes, después de su reunión con Levinson. Estaba entusiasmado con la idea de que J. R. estuviera interesado en el papel y no quería esperar hasta el día siguiente. Había una fiesta aquella noche en un club, habría muchos famosos y, por tanto, *paparazzi*.

–No tienes que ir –le había dicho Thalia al ver que no respondía.

Por un lado, le gustaba que quisiera protegerlo. Le hacía desear pasar otra noche haciéndole el amor. Por otro, era un ataque a su orgullo masculino. No quería permanecer oculto en aquel apartamento.

–Está bien.

–Llegaré a casa en una hora –dijo ella después de una pausa–. Tomaremos algo y nos iremos. No nos quedaremos mucho si no quieres.

–De acuerdo.

Así fue como se encontró en el baño de Thalia, con tan solo la toalla y la barba, considerando las opciones que tenía.

Si se afeitaba, se parecería más a su antiguo yo, la celebridad que todos reconocerían. Pero no quería ser el que la gente esperaba que fuera. Ahora, vivía la vida a su manera. Después de todo, a Thalia le gustaba su barba. Era la manera de anunciar a aquella gente que ya no se regía por sus normas.

Diez minutos mas tarde, se lavó la cara y se miró al espejo. Esperaba que a Thalia le gustara. Nunca antes había llevado perilla.

***

–Señorita Thorne –dijo un fornido portero de discoteca saludando con la cabeza.

El hombre apartó la cortina de terciopelo y la invitó a subir por la escalera que estaba en medio de la discoteca. Era una estructura de cristal y J. R. vio a una bailarina bailando sobre una plataforma.

Thalia iba delante de él, lo que le dio la oportunidad de admirar las curvas de su trasero bajo aquel vestido rojo entallado que llevaba. No parecía llevar ropa interior y su imaginación se disparó.

El club vibraba al ritmo de la música, bajo la luz de los focos. Había habido una época en que su vida había consistido en ir a discotecas, emborracharse, elegir a una mujer y acostarse con ella.

–Un momento, cowboy. ¿Nombre?

El fornido portero le cortó el paso, poniéndole la una mano en el pecho.

–Está en la lista, Trevor –dijo Thalia dándose la vuelta y señalando su nombre en una tableta digital.

–Disfrute de la fiesta, señor Bradley.

Thalia lo miró sonriendo mientras empezaba a subir la escalera.

Le gustaría tomarla de la mano, pero sabía que no debían mostrarse afectuosos en público. A todos los efectos, la relación entre Thalia y él era profesional.

Al llegar al segundo piso, hombres y mujeres saludaron a Thalia con besos en la mejilla y J. R. empezó a sentirse celoso. Sabía que era una costumbre, pero le molestaba que otros hombres la tocaran.

Las cosas fueron a peor. Todo el mundo se fijaba en él, pero nadie sabía quién era.

–¿Quién es este ejemplar? –preguntó una mujer que no conocía, devorándolo con la mirada.

–Kathryn, este es James Robert Bradley.

J. R. sabía que iba a presentarlo así. Habían planeado cómo comportarse con la gente.

–¿El verdadero James Robert Bradley?

Aquello era parte del guion que J. R. y Thalia habían preparado.

–El mismo –contestó, tocándose el sombrero para evitar que lo besara.

–Dios mío –dijo la mujer llevándose la mano a la boca–. ¡James Robert Bradley! Pensaba que habías muerto.

–No, es que ahora vivo en un rancho.

Thalia le había dicho que cuanta menos información diera, mejor.

–Tenías que haberme dado el Óscar, pero te largaste –dijo Kathryn entornando los ojos–. Tuvieron que pedirle a Tom que me lo diera. Nunca te lo he perdonado.

Por suerte, Thalia acudió en su rescate.

–Discúlpanos, estoy viendo a Bob –dijo sonriendo y tirando del codo a J. R. –. Buen trabajo –añadió bajando la voz–. Solo tendrás que repetirlo doscientas veces más.

Miró a su alrededor. Todo el mundo estaba bebiendo combinados.

Se abrieron paso hacia la barra, pero apenas avanzaron. Los más jóvenes le paraban para decirle que había sido su inspiración, las mujeres lo miraban con ojos ávidos y unos cuantos hombres lo felicitaron por su sombrero.

–¿Dónde has estado? –le preguntó Eli Granger, un actor que se había convertido en un reputado agente.

–Lejos.

–¿Lo has pasado bien?

–Muy bien –contestó mirando a Thalia.

–Me das envidia –dijo Eli, dándole una palmada en la espalda.

J. R. reconoció en sus ojos la mirada de un hombre que estaba cansado de estar en una carrera que nunca ganaría.

–Deberías venir a verme alguna vez. Es un sitio estupendo si te gustan las vacas.

No podía creer que estuviera invitando a un completo desconocido.

–Gracias, pero no como carne roja.

Thalia le trajo una cerveza de una marca desconocida y se quedó a su lado dándole instrucciones y sacándolo de conversaciones cuando se volvían repetitivas, cosa que pasaba con frecuencia. La mitad de la gente estaba borracha o drogada.

J. R. reparó en que conocía a cada persona por su nombre y para todos tenía una palabra amable. Se la veía a gusto y eso era una decepción para él. Encajaba muy bien allí. No querría renunciar a aquello para irse a vivir con un ganadero.

Apartó aquellos pensamientos y se concentró en sobrevivir a la velada. Después de lo que le parecieron horas de saludos y presentaciones, volvieron a donde Bob Levinson era el centro de atención.

Su estatura era más baja de lo que recordaba y su pecho prominente destacaba en un traje de tres piezas. También lo recordaba más guapo, pero las operaciones estéticas habían convertido a Levinson en una versión cómica de sí mismo. Seguía teniendo el mismo pelo, aunque lo llevaba teñido de negro y recogido en una ridícula coleta. Llevaba un reloj de bolsillo colgando del chaleco y unos gemelos de piedras preciosas. Estaba sentado en un taburete, rodeado de cuatro mujeres rubias con vestidos de lycra. Parecía un proxeneta.

–Bueno, bueno. Mira quién ha vuelto.

La voz de Levinson no había envejecido bien. Siempre había tenido debilidad por los puros y la cocaína.

–Bob –insistió Thalia–. ¿Recuerdas a James?

Las mujeres que estaban con Levinson lo miraron. Levinson permaneció sentado, mirándolo con una sonrisa codiciosa. J. R. conocía aquella expresión.

–Señoritas –dijo Levinson echándolas, y luego miró a Thalia–: Tú también.

J. R. miró a Thalia, cuya sonrisa se había congelado. No le gustaba, ni a él tampoco.

–Te traeré otra cerveza –dijo antes de irse.

Aquello no formaba parte del guion.

–Siéntate.

El tiempo no había mejorado los modales de Levinson.

–Prefiero quedarme de pie.

Era lo bueno de no importarle lo que los demás pensaran de él. Podía hacer lo que quisiera, especialmente no seguir instrucciones de aquel hombre tan desagradable.

–Siento lo de tu madre. Era una mujer maravillosa.

Ambos sabían que era mentira.

–Al grano.

Levinson no perdió el tiempo.

–Esto va a ser un éxito, otro Óscar para tu colección –dijo mirando a J. R. de arriba abajo–. Piensa en el dinero que te ahorrarás en ropa –añadió y se inclinó sobre la barra para esnifar una raya de cocaína–. Es increíble, ¿verdad?

J. R. sintió que se le erizaba el vello de la nuca.

–¿Quién? –preguntó, aunque sabía perfectamente a quién se estaba refiriendo.

–Dijo que te encontraría y que te traería de vuelta. ¿Qué tuvo que hacer? Espero que mereciera la pena.

J. R. empezó a perder la calma, pero se esforzó por mostrarse tranquilo.

–No sé de qué estás hablando.

–Créeme, es increíble.

Por su expresión, J. R. se dio cuenta de que intentaba provocarle y le estaba funcionando.

–Lástima que su carrera como actriz no prosperara. Tenía potencial. Claro que después de que mi mujer se enterara de lo nuestro... Ya sabes la facilidad de Miranda para complicar las cosas.

J. R. se sorprendió al escuchar aquellas palabras. ¿De veras había tenido una aventura con Thalia? ¿Por qué no se lo había contado? ¿Había preparado un plan para aquella noche y no se había molestado en mencionar aquel detalle? Si no le había contado algo tan importante, ¿qué más le estaría ocultando? ¿Sería una mentira?

–¿Cómo está tu mujer?

Aquella pregunta de cortesía fue todo lo que pudo hacer para contenerse.

–Me dejó por un hombre más joven –contestó y la miró entornando los ojos–. ¿Acaso no te acostaste con ella? Me dijo que haría cualquier cosa para traerte de vuelta y aquí estás.

Si hubieran estado en Montana en vez de en California, J. R. ya le habría roto la nariz.

–No he firmado nada todavía. Estaba esperando a ver si podía volver a trabajar contigo –dijo y, a punto de perder el control, añadió–: Pero ni todo el dinero del mundo me convencería para que hiciera una película contigo. Puedes meterte tu Óscar allí donde nunca brilla el sol.

De repente, la discoteca se quedó en silencio. J. R. tuvo la sensación de que todo el mundo lo escuchó decirle que no a Levinson. Justo en aquel momento apareció Thalia.

J. R. no la miró. No quería ver el rostro de la mujer en la que creía poder confiar. Se había acostado con Levinson y no podía olvidar el comentario de que Thalia haría cualquier cosa para conseguir que firmara. ¿Incluía eso hacer el amor?

¿Cómo había sido tan idiota? ¿Había creído que era diferente y que sentía algo por él? ¿Lo habría hecho por la película, por el dinero?

–Dijiste que había firmado –dijo Levinson a Thalia.

–Dije que...

Levinson la cortó.

–No hay excusa. Esto es lo que me pasa por sentir lástimas de zorras sin cabeza como tú. Escúchame bien: no volverás a trabajar en esta ciudad. Nadie querrá trabajar con una fracasada.

J. R. estaba tan enfadado que no pudo pensar con claridad y tomó a Levinson por la barbilla. Alguien gritó. Antes de que pudiera darle un puñetazo, unas manos le sujetaron y le obligaron a apartarse.

–Déjalo –dijo alguien y J. R. se dio cuenta de que era Eli.

J. R. intentó soltarse, pero lo tomaron en volandas para bajar la escalera. Cuando sintió que cada una de sus extremidades era sujetada por un hombre, supo que había perdido su oportunidad de matar a Levinson con sus manos. El club se quedó completamente en silencio y lo arrastraron hasta la puerta, en donde un buen número de personas empezó a sacar sus teléfonos móviles.

La ira desapareció tan pronto como había surgido y sintió un nudo en el estómago. Aquello iba a tener consecuencias para el resto de su vida.

A cierta distancia pudo reconocer a una preciosa mujer vestida de rojo siguiéndole.

–Dejadme en el suelo.

–De eso nada, cowboy.

Poco después lo arrojaron a la acera.

La gente empezó a congregarse. Eli seguía a su lado y Thalia no estaba lejos.

–Creo que nunca había visto a ese imbécil tan asustado –dijo Eli–. Media ciudad ha soñado con darle un puñetazo, pero nadie ha tenido las agallas de hacerlo.

–Venga –dijo Thalia llegando a su lado–. Camina.

–No voy a ir a ninguna parte contigo. Me has mentido.

–Aquí no –susurró, pero ya era demasiado tarde.

La gente empezó a rodearlos y se escuchó el nombre de James Robert Bradley.

La situación fue empeorando. J. R. había perdido el control y ya no podía hacer nada para evitarlo.

–¿Te acostaste con él?

–Aquí no –repitió.

–Tenemos que sacarte de aquí –dijo Eli tomándolo por debajo del brazo–. Todo el mundo está mirando.

–Sus cosas están en mi casa –dijo Thalia y se le quebró la voz.

–No voy a ir contigo a ninguna parte. Me has mentido.

–J. R., por favor, ¿podemos hablar de esto en otra parte? –dijo al borde de las lágrimas.

–Te seguiré a tu casa –dijo Eli, metiendo a J. R. en su coche.

–No –dijo apartándose de Eli.

Las lágrimas comenzaron a rodarle por las mejillas a Thalia, pero no estaba dispuesto a sentirse culpable. No quería sentir nada por ella.

–Por favor, J. R., tus cosas…

Se puso de pie y la miró. Había dejado que se aprovechara de él y ¿para qué? Había destruido todo por lo que había luchado porque pensaba que se había enamorado de ella. La miró a los ojos y se obligó a no sentir nada.

–No hay nada que no pueda reemplazar.

Eli apretó el acelerador hacia un destino desconocido y J. R. se esforzó para no sentir nada.

–¿Quieres comer algo?

Thalia evitó hacer una mueca a su madre. Como si una bolsa de patatas fritas fuera a hacerle sentir mejor.

–No, mamá, gracias.

Hacía una semana que, como decía su madre, había ido a visitarla y la estaba volviendo loca. Aun así, agradecía su amor incondicional, la comida casera y tener un hombro en el que llorar.

Solo habían pasado dos semanas desde que su vida cambiara. Nadie contestaba sus llamadas y la única persona que respondía a sus correos electrónicos era Marla, la secretaria de Levinson, y lo hacía porque temía ser la siguiente que despediría.

Levinson se había enfadado tanto que había tenido un infarto, otra razón más por la que iba a demandar a J. R. Al parecer, la lista era larga, según le había informado Marla. La película se había ido al traste tras el incidente. Clint y Morgan se habían retirado de la película al enterarse de la pelea y Denzel no se quedaría atrás. Según la secretaria de Levinson, otros proyectos peligraban. El intocable productor estaba viviendo sus horas más bajas.

Pero eso no le servía de consuelo. Ni siquiera las galletas de chocolate de su madre la animaban. Sabía que lo superaría. Ya lo había hecho una vez. Pero tenía treinta años y era demasiado mayor para empezar de nuevo. Lo único que tenía de valor eran sus vestidos y los iba a subastar por internet al mejor postor. Todo lo demás lo había dejado. Tal y como J. R. había dicho, no había nada que no pudiera reemplazar.

La pregunta era si la reemplazaría a ella.

En plena madurez estaba soltera, desempleada, viviendo con su madre y con poco más de cuatrocientos dólares en la cuenta bancaria. Aquel día iba a pasar a la historia como su peor San Valentín, por no mencionar que su corazón estaba roto. ¿Por qué no había considerado la posibilidad de que Levinson utilizara su aventura contra ella y contra J. R.?

Ahora J. R. la odiaba y sabía que no podría hacer nada para que cambiara de opinión, aunque de nuevo tenía la sensación de que debía intentarlo.

Thalia lo había perdido todo y con aquella sensación se levantaba cada mañana.

Llamaron al timbre y deseó poder hacerse invisible. Unos periodistas habían dado con ella en la casa de su madre de Norman, en Oklahoma, e insistían en que les diera detalles.

–Ya voy yo –dijo su madre.

Thalia se dirigió a la cocina para asegurarse de que no hubiera nadie en la puerta trasera.

–¡Es él! –anunció su madre.

No, no podía ser J. R.

–No estoy aquí –dijo y se apresuró a la puerta principal para asomarse por las cortinas.

J. R. Bradley estaba en el porche de su madre, mirándose las botas con una expresión indescifrable. No había ido en su camioneta, sino en un coche probablemente de alquiler.

Iba bien vestido, con vaqueros y una chaqueta a juego con su sombrero.

–¿Qué hago? –preguntó su madre en voz baja.

–Dile que no estoy aquí, que he salido.

¿Qué habría ido a decirle? Quizá había ido a disculparse. Aunque no sabía muy bien por qué, eso la asustaba. ¿Qué le diría? ¿Qué respondería ella? No, no estaba preparada.

–¿Puedo ayudarle? –dijo su madre abriendo la puerta.

–¿La señora Thorne? No me conoce. Mi nombre es J. R. Bradley y estoy intentando encontrar a su hija Thalia. ¿Está en casa?

J. R. miró en su dirección y Thalia se apartó.

–No, lo siento. Thalia no está aquí ahora.

–¿Sabe cuándo volverá? Tengo algo que decirle y quisiera hacerlo en persona.

Thalia sintió la boca seca. ¿Habría ido para disculparse? Le había dicho que no se le daba bien pedir perdón.

–Tenía una entrevista para un trabajo en la cadena de televisión local. No sé cuándo volverá.

–Dígale, por favor, que he venido. ¿Puede decirle que me llame? Sigo teniendo el mismo número. Espero que lo tenga.

–Le daré el mensaje –dijo su madre y cerró la puerta–. ¿Lo he hecho bien? –preguntó susurrando.

Thalia asintió, pendiente de lo que ocurría fuera. J. R. volvió a mirar hacia las cortinas y Thalia confió en que no la viera. Luego se dio media vuelta, bajó los dos escalones y se detuvo. En la acera había un hombre con una cámara. El flash no dejaba de dispararse.

¡Un *paparazzi* en Oklahoma haciendo fotos de un cowboy! Aquello era surrealista.

Aunque no oía lo que estaban diciendo, podía adivinarlo. J.R estaba pidiendo al fotógrafo que parara y cada vez estaba más enfadado porque no le hacía caso.

–Maldita sea –dijo Thalia poniéndose los zapatos que tenía más a mano.

Sabía que J. R. acabaría rompiéndole la cámara y recibiría una nueva demanda.

–Cariño, ¿qué haces? –le preguntó su madre.

–Voy a evitar que venga la policía.

Thalia salió.

–¡Oiga! –exclamó, y los dos hombres se quedaron inmóviles–. ¿Cómo se llama?

–George –contestó el hombre, separándose de J. R.

J. R. se quedó boquiabierto mientras la observaba acercarse. Thalia confiaba en que se alegrase de verla, aunque no estaba segura.

–¿Ya sabe quién le va a comprar las fotos? –preguntó al fotógrafo.

–*TMZ*.

–Voy a hacerle una propuesta. Háganos una foto y salga del jardín de mi madre. Si vuelvo a ver su cara por aquí, no seré responsable de lo que pueda pasar.

–¿Habla en serio?

–¿Qué le parece? Venga, George, haga la foto –dijo colocándose al lado de J. R., que la tomó por la cintura.

–Así que estabas en casa –dijo J. R. entre dientes mientras el fotógrafo enfocaba.

–Y tú aquí.

–Una sonrisa –pidió George e hizo la foto–. Gracias.

–Adiós –dijo J. R. y George desapareció al instante.

Thalia y J. R. se quedaron en el jardín, codo con codo. Por unos segundos ninguno se movió.

–Se te da bien.

–¿El qué se me da bien? –preguntó ella sin mirarlo.

–Lidiar con esta clase de situaciones.

Si aquello era una disculpa, era muy pobre. De repente se dio cuenta de por qué no estaba preparada para hablar con él. Estaba enfadada.

–¿Te refieres a situaciones en las que la gente te trata como una mercancía? Sí, estoy familiarizada con eso a diferencia de alguna gente que conozco.

Thalia se apartó de él y enfiló hacia la casa. No le sorprendió oír sus pasos tras ella, pero estaba muy enfadada como para prestar atención.

–Señora –dijo J. R., pasando junto a su madre.

–Hola otra vez. Thalia… ¿traigo café?

Sin saber qué hacer, Thalia se sentó en un extremo de la mesa del comedor y esperó a que él tomara asiento.

–¿Qué te trae aquí?

–Tú.

En aquel momento apareció su madre con una bandeja de plata con café y galletas recién hechas.

–Aquí tenéis. ¿Necesitáis algo más?

–Mamá –dijo Thalia sintiéndose como una quinceañera.

–Señora Thorne, gracias –dijo J. R. mirándola–. Tiene una hogar muy acogedor.

Su madre se ruborizó.

–De nada, señor Bradley. Estaré en la cocina.

Esperaron a que la mujer se fuera. Ninguno de los dos sabía por dónde empezar. Thalia había pasado las últimas dos semanas enfadada consigo misma por no haber controlado mejor la situación y odiaba a Levinson.

–Recibí una caja con mis cosas. No había ninguna dirección remitente, ninguna nota.

Había estado a punto de tirarlas, pero en el último momento se las había mandado.

–¿Esperabas una disculpa?

–No –dijo y se levantó para acercarse a la ventana–. Pero sí alguna explicación.

–¿Qué se suponía que tenía que hacer? Si te hubiera contado que había tenido una aventura con Levinson, tu opinión de mí habría cambiado. Eso es lo que ocurrió cuando te enteraste. No había manera de que saliera bien parada de esta situación –dijo, y al ver que él no decía nada, continuó–. Hace nueve años y medio tenía un representante que me conseguía invitaciones para fiestas. Conocí a Levinson. Sabía quién era, pero no sabía que estaba casado. Sí, para mi desgracia, me acosté con él. No tenía ni idea de que se aprovechaba de mujeres ingenuas como yo. Entonces su mujer se enteró y caí en desgracia. Nadie quería contratarme. Incluso mi representante me dejó. Estaba perdida porque me había prometido lanzar mi carrera. Sí, todo fue culpa de mi ingenuidad, pero no me disculparé por ello.

–No tienes por qué disculparte –dijo él sin dejar de mirar por la ventana–. Quiero saber cómo terminaste trabajando para el hombre que arruinó tu carrera.

–Estaba a punto de ser desahuciada. Días antes de tener que volver a Oklahoma, le di mis últimos diez dólares a un guardia de seguridad para que me dejara llegar a su oficina. Le dije que o me daba un trabajo o me las pagaría. Llamó a seguridad, pero para cuando llegaron, ya se había apiadado de mí. Creo que ha sido la única vez en su vida que ha sentido lástima por alguien. Me dio trabajo como chica de los recados. Después de eso no me acosté con él y me gané mi puesto. Me quedé sin carrera porque cometí un error. ¿Y sabes lo que le pasó a Levinson?

–Nada.

–Nada. Para él fue un día más. J. R., nunca te pregunté con quién te acostaste cuando eras James Robert. ¿Por qué tiene que ser diferente para mí?

J. R. se quedó pensativo unos instantes.

–¿De verdad iba a despedirte si yo no aceptaba el papel?

–Sí.

–Y estabas dispuesta a perder tu trabajo por mí.

–A diferencia de Levinson, no me gusta hacer daño a la gente.

Mantuvo la voz firme y la expresión neutral, pero no pudo evitar que se le escaparan unas lágrimas.

–No... no se me da bien pedir perdón, Thalia. Nunca se me ha dado bien.

–Entonces, ¿por qué estás aquí?

–Quería arreglar las cosas.

No sabía si debía estar asustada o preocupada.

–¿Y cómo vas a hacerlo?

–No sé cómo comportarme en público.

–Ya me he dado cuenta.

–Por eso despierto más interés que nunca.

–Hasta el punto de que los fotógrafos te siguen allá donde vas.

–Más o menos. Estoy recibiendo toda clase de ofertas: películas, programas de televisión, anuncios... Así que he estado pensando y he llegado a la conclusión de que necesito un representante.

Cuanto más hablaba, más confusa se sentía.

–Pensé que ya tenías un representante.

–Lo tenía. Bueno, sigo teniéndolo, pero voy a despedirlo. Alguien muy inteligente me dijo que tengo que obligarle a firmar un acuerdo de confidencialidad y no sé muy bien qué es eso.

Era Thalia la que le había dicho que lo hiciera de repente, sintió la necesidad de agarrarse a la mesa para no caerse.

–Necesito a alguien que sepa moverse en Hollywood, que sepa negociar con esa gente y tenerlos contentos. Alguien que sepa cómo funciona la prensa y que me ayude a mantener la calma en situaciones tensas –dijo y se giró para mirarla–. Más que un representante, necesito a alguien que me cuide y que sepa lo que quiero. Sería estupendo que conociera la vida en un rancho y que se llevara bien con mi familia, y que no le importara soportar una nevada de vez en cuando.

–Espera... ¿Me estás ofreciendo trabajo...?

Antes de que Thalia pudiera terminar, J. R. sacó un pequeño estuche de terciopelo negro del bolsillo. Se acercó y lo dejó en medio de la mesa.

–Quiero que todo vaya bien –continuó él–. Eres lo mejor que me ha ocurrido. Me enseñaste que no tengo que huir de mi pasado ni avergonzarme de las cosas que hice hace tiempo. Debería haber confiado en ti, debería haberme puesto de tu lado y protegerte de Levinson. Pero no lo hice y eso me está matando. Me dejé llevar y no te di el beneficio de la duda. Te fallé cuando más me necesitabas. No permitiré que eso vuelva a pasar. Te pido que me des otra oportunidad para demostrarte que me importas.

Ella se quedó sorprendida. Para un hombre al que no se le daba bien pedir perdón, lo estaba haciendo muy bien.

–¿Y si digo que no?

–Entonces asumiré la responsabilidad. Pero mantengo la proposición.

–¿Qué proposición, la del trabajo o la del matrimonio?

Antes de que Thalia pudiera darse cuenta, J. R. se puso de rodillas.

–No sé cómo lo haces, pero a tu lado soy el hombre que siempre quise ser. Estas dos semanas sin ti... he estado perdido. Lo que te pido es que te cases conmigo.

J. R. cerró los ojos y tragó saliva, mientras una lágrima le rodaba por la mejilla. Thalia se la secó antes de que alcanzara la barba. Al rozarlo, abrió los ojos.

–¿Y si digo que sí?

J. R. sonrió y la rodeó la cintura.

–Entonces tomaremos un avión y volveremos esta misma noche a casa.

–Tal vez necesite un par de días.

–Entonces esperaré. Hay alguien aquí a quien nunca podré reemplazar.